KB243152

나의 영원은
너를 사랑하는 동안에 있다

김지섭 지음

제4부
너는 까마득히 없던 시절이 되었는데도

제5부
너는 전부였는데, 겨우 사랑이었다

제1부

네게 나쁜 말을 해도

나를 사랑하겠다면

밤, 강

밤, 당신을 생각하다 흘러간 그 전부

밤, 강

회귀

계절은 어김없이 돌아오고
우리는 반드시 사랑으로 회귀한다

나의 영원은 너를 사랑하는 동안에 있다

타임리스

소식 들었어요
먼 곳에 있다고 하더군요
당신과는 어떠한 연관도 그려지지 않는 곳에

어느 새벽, 인터넷 검색창에
그 도시의 이름을 몰래 쳐봤어요
묵음을 내뱉은 마음으로

푸른 호수와 흰 자작나무 숲이 있는 도시였어요

당신이 그곳에 도착하기까지의 시간 동안
나는 무던하고 무관한 사람이 되었어요

소란이라든가
소요라든가
파장이라든가
사랑, 그런 것으로부터요

늘 뒤늦게 알게 돼요

열렬히 사랑하는 일이 그때의 일이라면
소중함을 깨닫는 건 지금의 일이에요

우리는 그 시차에서 벗어날 수 없어요

이상하죠
후회하면서도 나는 이 시차를 사랑하는 것 같아요
앞으로 반복될 섣부름과 어이없는 실수들을요

그 이후에 찾아오는 것은
다시 후회하며 조용히 거두어 가야겠지요

그때로 돌아간다면
나는 아무것도 바꾸지 않고
그날의 말과 행동을 그대로 하며
젊은 낮빛 그대로 당신을 사랑할 거예요

철 없이, 최선을 다해

다만 작은 숨표처럼 이 말만은 더할 것 같아요
이 순간이 서로에게 가슴 저리도록 가장 고마운
순간이에요
부디 사랑을 멈추지 말아요

청춘 소묘

남향의 해가 보드랍게 얼굴을 쓸어 올린다

그때 잠시 눈을 감고 이대로 조금만 더
눈을 뜨지 않아도 되겠냐는
부탁이 떠오른다면 당신은 지금 막,
청춘을 지나려고 할 때일 것이다

특권처럼 젊음을 낭비하고 나서야
더 이상 낭비할 시간이 없다는 사실을 깨닫는다

시절에게 해답을 찾아다니며
우리는 슬픈 눈을 얻었다

스스로의 힘으로 힘껏 자신을 파괴했던
당신은 사과할 곳도 용서를 구할 곳도 없다

청춘은 그렇게 갔다
노을 앞에서 다만 아름답고 싶었는데

나의 영원은 너를 사랑하는 동안에 있다

눈물샘이 솟는 자리에 속눈썹이 파르르 떨린다

이 또한 이별임을 이해한다면
당신은 십분 즈음은 더 햇살 속에서
눈을 감고 있어도 좋다

기억의 반죽이 부푸는 동안

너는 밤마다 방안에서 불을 끄고 요가를 한다고 해

고요히 매트 위에서 숨을 고르고 점점 기괴해
진다고 해

동작이 이상해 질수록
가슴이 뻗치고 자유를 누빌 수 있다나 뭐라나

고양이가 되어 밤을 훑고
사막의 전갈이 되어 가만히 엎드려 있기도 한다지

오래된 부직 코트를 꺼내 입고 버스에 올라
오후 하나를 현기증과 함께 보내고 난 너의 결론은
결코 기억이 가난하지 않다는 것이었어

저마다 가슴 속에 액자 하나씩은 걸려 있었다
는 거지
유리에 쌓인 먼지를 슥 지우고 나면 그 안은 무
엇이었을까

늘 먼 곳으로만 달려가서
홀로 땀을 쏟던 기억들을 안아보고 싶어져
너는 그날 칼국수 한 그릇을 먹었다고 했어

지나간 시간들이 다
한 그릇의 따뜻한 국물로 고여 있는 듯해서
너는 미처 다 먹지 못하고 조금 남겨두었다고 해
눈물과 함께

마침내 기억의 반죽이 부풀어
너의 기억이 가난하지 않도록

그날부터 너의 요가는 시작됐어
어둠 속에서 네가 가장 많이 한 일은
천천히 어둠의 반죽을 더듬는 일이었다지

     나의 영원은 너를 사랑하는 동안에 있다

사랑 미수

너 자신 스스로를 사랑하지 못했으므로
지금까지의 사랑은 모두 사랑 미수에 그쳤다

슬픔의 자정

나는 온전한 슬픔의 서식처다

나는 오늘밤이다

밤은 시간일까 공간일까
또 마음일까 기억일까

'어제로 되돌아갈 수 없다'

이 고백의 문장은
본래 자정의 것이 아니었을까
오늘밤 나는 슬픔의 서식처다

고산병

누구나 각자의 코의 높이로 숨이 차오른다

관여할 수 없는 어른의 문제가
눈앞에 예고 없이 펼쳐질 때
세상은 고요하게 난폭하다

긴긴 하루 끝에 지금까지의
온 생애가 얹혀 있다는 서글픈 생각

저마다의 코의 높이로
삶의 무게를 견뎌야 하는 버거운 숨

그 구간을 지날 때 우리는 고산병을 앓는다

나의 영원은 너를 사랑하는 동안에 있다

너는 그곳에서 가을이 되었다고

나무는 천 개의 흩어짐이 만 개의 이별이 다 아
프기만 하였다
모든 헤어짐에는 가슴을 쓰는 무게가 걸리었기에

지난 한 계절 서로에게 여울지도 못한 우리가
어느 날 각자에게 가을이 되어 단풍이 지거든
말해 주어라

분명 짧았던 사랑에 젖어
그것을 말려 보느라 이 계절에 와있었다고

나의 영원은 너를 사랑하는 동안에 있다

때가 아닌가 보다

때가 아닌가 보다
또 내가 아닌가 보다

불빛들

손을 뻗을 수 없이 멀어져간 마음들
잠든 기억을 깨워도 기척이 없다

사랑의 문턱을 넘어가는 모든 것으로부터
나는 멀어지기만 한다

그저, 그저, 그저, 그렇게 낮게
붙잡고 싶지도 않게 멀리

민무늬의 시간

오후 세 시에 비가 내리기로 하다

폭우를 장전한 구름이 밀려오고
회빛을 입은 사람들의 손에는 우산이 들려 있다

촘촘히 빗기운이 몰려와 심연에 말을 맺는다

그리움의 말마저 막는 일은 우산의 일이 아닌지라
속절없이 빗속에 갇히고 말 것이다

날카롭게 심벽을 할퀴는 빗살의 촉에도
우리의 마음은 민무늬여야 한다

쌀죽을 먹는 자세로
가만가만 뿌려진 말들과 함께여야 한다
빗물에 떠내려가지 않기 위해서

문득 몇 해 전 널었던 선명한 천 빨래들이 생각나고
소란으로 펄럭이는 바람이 불어오는데

이제 그만 그것들을 걷으러 가야지

잠시 비를 피해 민무늬 마음에 천을 덮어 데워

쥐야지

추위에 떨어보는 것들을

 나의 영원은 너를 사랑하는 동안에 있다

이사, 거울이 있던 자리

이 집에서 보내는 마지막 자정이다
이사의 다른 이름은 이별이다

옮겨가는 것이 이렇게 선명히 드러나는 일이 있을까

생애에는 어디로부터 옮겨오고
어딘가로 옮겨가는 것이 분명치 않은데
이사는 사소한 것까지 챙겨가는 일이라 도도록
하기만 하다

참빗으로 머리를 넘겨 빗은 것처럼 정갈해진 방
과 함께 있다

한쪽 벽에 못 하나가 박혔는데, 거울이 있던 자
리다

이젠 거울이 걸려있지 않음에도
나는 줄곧 그 자리를 쳐다본다
마음에 파문이 인다

거울에는 젊은 날의 달이 떠서 내가 차오르고
이울었었는데
나는 거울에 비친 눈을 볼 수 없고,
거울은 나의 눈으로 자신을 볼 수 없다

고요로 마음을 잠가 북받치는 달빛을 막아본다

나는 숱하게 어리석었다
그래도 눈이 깊어 가면서 어리석을 수 있었다
거울 앞에 서서 우리는 서로를 바라보며

한참이나 못자리를 바라보다 그만 옮겨 가기로 한다

몇 번이나 박힌 못을 빼낼까 하다가 남겨둔다
다음 누군가는 그 자리에 무엇을 둘까, 거울일까
그 역시 거울 앞에 서서
다른 시간으로 옮겨 왔음을 애달아 할까

이것이 이 집에서 끝으로 쓰는 나의 기록이다

오징어배와 등대

아버지는 배운 것이 운전밖에 없다
쉰 중반이 되었어도
아버지는 운전석 뒤 간이침대에서 새우잠을 잔다

나로서는 그가 그것을 버텨내는 힘이
어디서 나오는지 도무지 모르겠다
다만 하나 짐작되는 것이 있다

내게 처음 빛이 쏘아진 순간이었다
아버지는 내게 처음으로 빛을 일러준 사람이다

유년의 어느 날,
아버지는 나를 트럭에 태우고 동해로 데리고 갔다
아버지는 아들에게 그렇게라도 바다를 보여주
고 싶었던 것일까
묻지 않아서 모르겠다 아버지는 바다보다 깊은
사람이다

어린 나는 조수석에 앉아 밤이 깊도록 칭얼대

지 않았다
  창밖으로 천천히 바닷소리가 몰려오는 것을 들
었다
  아버지는 침묵을 몰아 바다에게로 갔다

  그때 그 바다의 혈 같은 붉은 섬광, 오징어배

    아빠 저게 뭐야
    크음 오징어배

  어둠 속에 묻혀서도 바다는 생의 신호를 보내
고 있었다
  오징어배는 아버지와 같은 시간 속을 항해하고
있었다
  아버지는 그 불빛을 보며 생을 길어 올렸을 것
이다

  그 붉은 신호는 나를 밝히는 최초의 등대였고
  내 옆엔 기둥처럼 아버지가 트럭을 몰고 있었다

수평선 끝으로

여전히 아버지는 왕왕 트럭을 몰아 동해에 간다
나는 부디 그곳에 그의 등대가 있길 바란다

밤의 전람회

1.

  고향에서 잠들 때면 나는 낯선 투숙객이 된다
  한 뼘 떨어져 있었을 뿐인데 지척에 있던 어미
가 낯설다
  어미도 코를 골았던가? 것도 저리 크게?
  모로 누운 어미의 뒷모습을 따라 눕는다
  밤빛을 따라 잠이 든 짐승의 등성이가 드러난다
  나는 이 여인을 아는가

2.

  어미의 등을 쓸어보기에 한 뼘은 터무니없이 짧
다
  나는 못된 습성이 늘어 어미의 습성을 잊었다
  어미와 나는 서로를 안다고 해야 할까 모른다
고 해야 할까
  어미를 등지고 눕는다 나는 지금 국경이다

          나의 영원은 너를 사랑하는 동안에 있다

3.

만 번째의 밤에 나는 어미의 밤이 보인다
어미는 코를 골고 나는 이제 국경을 건넌다
어미의 밤 속엔 낯선 풍경과 언어 낯선 얼굴들
이 걸려있다
전람회에 온 듯 나는 오래 어미의 밤을 응시한다
해독할 수 없는 슬픔이 국경에 그어진다

4.

어미는 밤을 잊은 듯 까마득히 잔다
밤의 전람회는 내가 기억하는 어미 그 뿐이다
나는 어미의 밤에 깊어 가지도 못한 채 전람회
장을 나선다
국경을 돌아 어미의 등 뒤로 아스라이 한 뼘을
편다

5.

어미가 잠 못 이루던 밤에 모든 나는 짐승처럼
자고 있었다

어떤 밤이 있었다

이제 홀로 있는 밤은 슬프지 않다
사랑에 울던 밤이 사라진 것은 아니나
깊은 어딘가 단층 속에 묻혔다

그 밤들은 여전히 나를 이루고
나의 눈동자 색이 되었다

사람의 눈은 슬픔의 기운을 기억한다
슬픔이 스스로 자라난 어떤 밤이 있었다는 것도

한 번쯤 떠오른 얼굴들이 있었으나
닿아볼 마음도 아파할 마음도 들지 않았다

잃어버린 것이 아니라
버려진 것이 아니라
사라진 것이 아니라
닿을 수 없이 멀어진 것이었다

흩어져 간 시간의 일이기에

시간만이 마음의 살갗을 두텁게 했다

한동안 잠에 들지 못했으나 다행이라 여겼다

까맣고 차분한 눈으로
내 앞의 밤을 바라본 어떤 밤이 있었다

선인장이 죽었다

그해 가을 내 방에서 선인장이 죽었다
꽃집 아주머니는 분명 키우기 쉬울 것이라 했는데

그게 아니었다
선인장은 죽고야 말았다

물을 준 날짜가 어스름 떠올랐다가 사라졌다

나는 죽은 선인장을 애도했다
한참이나 그의 죽음 앞에 서 있었다
최선을 다하지 않은 채로

애도란 이상한 것이다
충분한 힘을 가하면 도리어 힘이 빠진다
꼭 선인장에게 물이 그러하듯이

이상한 것은 비밀처럼 또 있었다
물을 주려고 하면 나는 왠지 모르게
그가 단식을 선언한 것처럼 느껴졌다는 것이다

그래 나는 선인장을 죽였다

키우기 쉽다던 선인장은
그해 가을의 나에겐 아주 어려운 존재였고
나는 뒤돌아 나의 뺨을 후려갈기고 싶었다

아주 최선을 다하여

　　　　　　　　나의 영원은 너를 사랑하는 동안에 있다

인연

인연이란
주고받음의 한가운데에 있다

가운데로부터
오차 범위를 벗어나면
인연은 끝이 난다

새의 발자국을 본 적이 있어

다섯 통의 전화가 불통이고
다섯 통의 메시지가 오랫동안 저편에 침묵일 때
새의 발자국을 본 적이 있어

중력을 견딜 힘이 모자라는 날에
그 약간의 힘으로
나의 시계는 꼭 타인의 것과 어긋나 버린다

속도의 차이가 아니라
은폐와 개폐, 그 사이의 일이다

다들 어디로 숨어 들었나
세상에 꼭 나만 켜져 있는 것 같을 때
연약한 시간을 비집고 외로운 것들이 찾아와 말
을 건다

코끝이 시큰해지는 억울함 따위를
견딜 수 있을 정도로만 약해져 있다

깊숙한 발걸음 해본다

한 사람의 인간도
자신의 발자국 밖으로는 나가보지 못한 존재
란 걸
하필이면 공허에게만 보이는
반투명한 낮달의 시간에 알아차린 것일까

조금 더 혼자여 보려고 간 곳에서
꼬리마저 끌린 새의 발자국을 본 적이 있어
나를 보았을 그 발자국을 따라 가만히 갇혀본
적이 있어

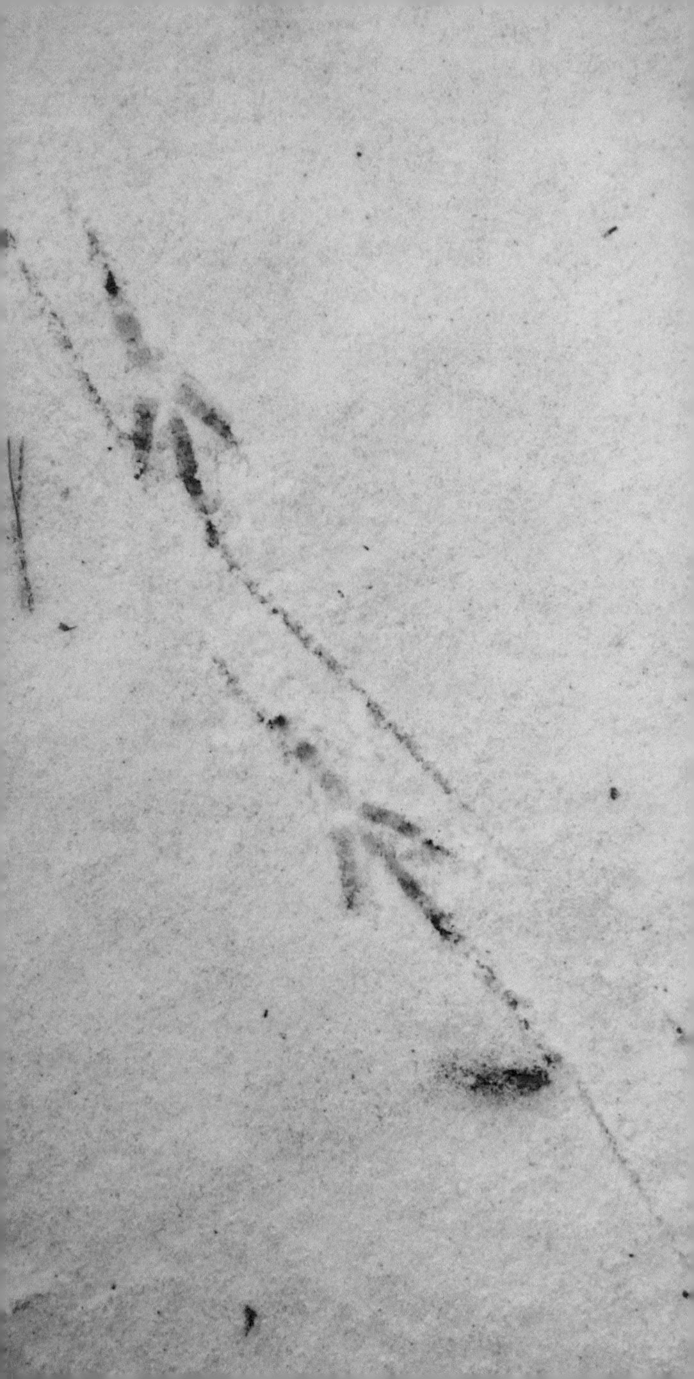

연연하지 않기 위해서

몇 해 슬프지 않은 밤을 보냈어요

당분간은 아프지 않기로 하여
서랍 속에 슬픔을 묻어두고
얼마간 꺼내 보지 않았어요

바빴어요 작은 생각도 떠오르지 않을 만큼

문득 사랑이란 게
송곳처럼 뚫고 나올 때면
한참을 연연해 하고
다시 그때에 붙잡혀 있었어요

말로 마음을 덮어두는 것은 잠시 뿐이에요
괜찮다는 말은 나에게 해로웠어요

아시나요
그 무엇에도 연연해 하지 않기 위해서는
한참을 끝까지 그것에 연연해 해야 한다는 것을요

괜찮아질 때까지는
 수만 번 괜찮지 않은 시간을 견뎌야 한다는 것
을요

시간이 흐르니 그리움도 줄어요
의지도 많이 약해졌어요

그리움 앞에서 내가 할 수 있는 일과
내가 할 수 없는 일을 알게 되어
얼굴은 조금 편안해졌네요

사랑을 하지 않기로 하니
어딘가 녹슬어가는 느낌이 들어요
그렇다고 슬픈 것은 아니에요

나의 영원은 너를 사랑하는 동안에 있다

겨우, 연필을 깎다

언젠가 여행길에서 마음에 드는 연필 하나를 사
두었습니다

종이 위에 서걱이는 부드러운 질감이
마음에 드는 연필이었어요

공연히 그 연필을 꺼내어 마음을 끄적이던 날
도 있었습니다

그런 날이 있지요
지붕 위로 빗소리가 들리는 날
당신의 안부가 입가에 머금어지는 날

창에 맺힌 빗방울 하나가 다른 빗방울과 이어져
하나의 선으로 미끄러져 내립니다
뭉쳐져 흘러내려 어디론가 사라집니다

빗방울을 바라보다
괜히 연필이 깎고 싶어졌습니다

느리게, 단순한 동작으로

얇은 나무껍질이 벗겨지고 흑심이 드러나고
삐뚤삐뚤 너무 바르지 않게

연필을 깎는 동안 손끝에
다시 무언가 하고 싶다는 마음이 만져졌습니다

흔적 없이 잊기 위해서 소리 없이 살아왔는데
나는 겨우 연필이 깎고 싶어졌습니다

그동안 나는 엉망이었던 것 같아요
바로 잡고 싶지도 않았어요
소리 없이 무너져 내리고 싶었어요

몇 날 며칠 괜찮지 않았다고 토로하고 싶었던 건지
머금었던 당신의 안부가 부풀어 터질 것 같아요

눈물이라도 나왔으면 좋겠어요

 나의 영원은 너를 사랑하는 동안에 있다

백 시간쯤 나를 안아줘

네게 나쁜 말을 해도
나를 사랑하겠다면
백 시간쯤 나를 안아줘

이 얼어붙은 마음이
당장 너를 사랑할 수 없대도
나를 사랑하겠다면
백 시간쯤 나를 안아줘

어느덧 가장 어려운 말은 사랑한다는 말
너에게 안겨 있어도 추웠던 마음은 녹지 않아

이런 비겁함을 알고도
나를 사랑할 수 있다면
너는 나를 백 시간쯤 안아줘

백 시간쯤 생각한 끝에도
너를 사랑하지 않는 이기적인 나

두 팔을 감아 스스로를 감싸 보는 나

나는 이렇게 가여운 나를 조금 더 안고 있어줘

   나의 영원은 너를 사랑하는 동안에 있다

먼 훗날 우리가 오래되는 일

아주 오래된 집을 품은 성곽을 걸어본 적이 있
어요

그곳에서 몇백 년이 넘은 조각상 하나를 보았
어요
품에 오래된 시집을 품고 있는 깨진 조각상이
었어요

오래된 것 속에서 오래된 것을 보는 일이
조금 아팠다면 나는 그때 무엇이었을까요

나는 당신에게 아주 작아진 먼지 같은 시간이
었을까요

아무래도 상관없이 나는 오래된 것 앞에서 괜
찮아졌어요
언젠가부터 무엇에게 오래된 적 없었으니까요

사랑만이 오래됨을 믿게 해요

방황만이 오래됨을 꿈꾸게 해요

어느 날부터 나는 사랑에게 잘해준 적이 없고
사랑도 내게 잘해준 적이 없어요
사랑은 나를 살게 해주었어요

　당신이 떠오를 때마다 나는 오래된 도시를 생
각했어요

　나는 되먹지 못하게 오래되지 못했으므로
　손에 쥐어져 있던 사랑의 시집에 대해 생각했
어요

그중 한 구절은 이랬을 테죠
강렬한 충돌 후에 우리가 먼지로 쌓일 수 있다면

먼 훗날 우리가 서로에게 오래될 수 있다면
우리는 서로에게 미래일까요
오래된 것 앞에서 다시 아주 작아질 미래 말예요

　　　　　　　나의 영원은 너를 사랑하는 동안에 있다

나의 영원은 너를 사랑하는 동안에 있다

제2부

우리,

영원의 시점을 어디로 할까

우리,

영원의 시점을 어디로 할까

눈 속에서

1.
오전부터 내리기 시작한 눈이
오후가 되어서도 멈추지 않는다

눈발이 굵어진다
이렇게 종일 눈이 내릴 것 같다

눈이 쌓이는 날이면
너에게 가지 못하게 된 내가 생각났다

눈길에 발길이 무뎌지고
너에게 가는 길이 끊겨
어쩌지 못하는 내가 생각났다

이런 날엔 눈 속에 갇혀 잠잠히 초를 켜야 했다

2.
한 차례의 폭설처럼
사랑이 지나간 후에도

한참이나 너에게 갔었다

눈을 떠보면 나는 너에게 가 있었다

3.
너에게 가지 않은 일은
내가 오랫동안 바라던 일

너에게 가지 않은 것이 아니라
가지 못하게 된 날이라 좋았다

눈은 나를 붙잡아두는 조용하고 거대한 만류

이제서야 조금 눈물이 난다

4.
네가 나를 사랑하지 않는 것보다
내가 나를 사랑하지 않는 것이
훨씬 외롭다는 것을 깨닫는다 눈 속에서

                    나의 영원은 너를 사랑하는 동안에 있다

쌓인 눈 위에 또 눈이 쌓이는
시간 속에서 너는 희미해져 갈 것이다

너에게 가지 못하게 된 날은 평화로웠다
이대로 눈이 그치지 않았으면 좋겠다고 생각했다

사막

시간 속에는 사막이 있다
아주 다행스럽게도 시간의 사막이 있다

나를 가엾게 여기던 눈물이 마르고
아픔까지도 무뎌지고 무뎌지는 사막이 있다

사랑 미수2

너는 미안하다는 말 이후에
끝내 노력해보겠다는 말을 하지 않았어

나는 너에게 길들여져야 했던 거야

너의 사랑을 몰랐던 건 아니야
하지만 마음과 방식은 다르기도 하지

이번에도 사랑 미수였어

나의 영원은 너를 사랑하는 동안에 있다

빗소리

창가에 두둑이는 새벽의 빗소리

혹여나 네 생각을 멈출 수 있을까 하고
빗소리를 걸어 잠가본다

허사다

너는 내게서 결코 고요해질 수 없다

이십사절기

거울을 보다가 마음이 호젓해졌습니다

입춘부터 대한까지 가만가만 입에 물려가며
이십사절기의 이름을 하나씩
적어 내려갔던 날이 생각났습니다

신비롭고 저절로 수긍하게 되는 마음이 일었던
기억

당신과 나 사이에도
스물네 개의 절기가 있다면
눈이 녹고 볕이 따가워지고 빗방울이 맺히는 것
처럼
우리가 자연스럽게 흘러가면 좋겠다고 생각했
습니다

서로의 얼굴에 주름이 늘어가는 것도 모른 채
로요

당신이 절실하지만
오늘은 당신의 시간을 훔치고 싶지 않습니다

　내려앉은 봄밤에 조용히 누워 외따로 물들고 싶
습니다

　욕심 내지 않고 그저 안부를 묻기에 좋은 밤입
니다

나의 영원은 너를 사랑하는 동안에 있다

사랑의 이유를 묻는다

당신이 내게 사랑의 이유를 묻는다
앵두 이야기를 해야 할까

당신의 골목에 들어섰을 때
당신은 집을 등져 웅크리고 있었다
어깨가 달싹이는 것을 보니 울고 있는 듯했다

집에선 포악한 소리가 들려왔다
애처로운 비명도 들렸다

그때, 내가 당신을 바라보다 앵두 한 꼭지를 밟
았다
　발 밑에 움푹 무언가를 밟았는데, 당신의 앵두
였다

　나는 당신의 등을 도닥이지도 못하고 앵두나 짓
이겼다

빨갛게 물든 땅을 흙으로 덮고 골목을 빠져 나

왔다

짓무른 앵두 몇 알을 쥐고서

이것이 내가 당신을 사랑하게 된 날의 이야기
이다

당신에게 앵두 한 그릇을 소복 담아 돌려주고
싶었다

나의 영원은 너를 사랑하는 동안에 있다

팔득이

그때 나는 지랄 육갑을 다 떨었으니
팔득이라도 되어있을 줄 알았다

그때 나는 지랄 육갑을 다 떨었으니

재회

이렇게 다시 볼 수 있어서 다행이에요

그때는 내가 참 많이 서운했어요

미안하다는 말 대신
다른 말이 듣고 싶었었는데 그렇지 못했어요

오늘 우리 비 내리는 여름에 봤으니
다음은 날씨가 추워지면 보기로 해요 괜찮다면

적당한 시간에 적당한 거리감으로

무례함에 대하여

생이 주는 무례한 폭력을 당할 때면
나는 산책 중에 보았던 공작과 흰 장미를 떠올
렸다

공작에겐 마치 속눈썹 같은 머리 숱이 있었고
흰 장미엔 연분홍 속살이 잠들어 있었다

나는 생이 공작의 머리 숱처럼
자욱도 없이 나에게 얹혀져 있어야 한다고 생
각했다
또한 생은 흰 장미가 연분홍일 수 있게 하는
아주 찰나의 빨강이어야 한다고 생각했다

나를 집어삼키는 일이 없도록 말이다
부탁하건대 생은 늘 나의 전부의 자격으로 기
척을 내지 말 것

          나의 영원은 너를 사랑하는 동안에 있다

사랑의 얼굴

우리가 보낸 봄에 봄을 더하고

우리가 보낸 여름에 여름을 더하고

우리가 보낸 가을에 가을을 더하고

우리가 보낸 겨울에 또 한 번 겨울을 더해가는 일

수록곡

이젠 알아요

사랑은
미처 다하지 못한
수록곡들이란 걸

주된 마음은 잊은 지 오래 되었어도
못다 전한 말들이 수록곡처럼 쌓여서

어렴풋
오늘처럼
끝없이 이어지고
또 흘러간다는 걸

 나의 영원은 너를 사랑하는 동안에 있다

네가 내게 당도한 물결이라면

네가 내게 당도한 물결이라면
나는 이대로 너와 함께 출렁이고 싶다

분홍의 맛

늦여름
서두르지 않기로 하는 마음도 늦게 왔다

늦여름의 복숭아를 접시 위에 썰어 놓는다

연약하고 투명한 살집 위에
발그랗게 사랑한다는 말이 피어 오른다

아직 말이 덜 된 서툰 감정들도 점점이 번져 있다

마저 붉어지지 않은 이 분홍의 맛은
코끝으로 천천히 음미하는 게 좋다

더 다가오지 않으며
더 물러서지도 않는
맑고 달콤한 냄새를 가졌다

그 사람을 생각한다

  나의 영원은 너를 사랑하는 동안에 있다

복숭아를 먹으며 섣불렀던 감정을 늦춰본다

가만히 눈을 감게 하는
잔잔한 바람에 숫은 울음을 참는다

소중한 말처럼 부는 바람에게서
나는 분홍의 맛을 느낀다

너는 내게 사랑을 말하지 않아도 좋다

사랑은 너에게 나를 씌우는 한순간이 아니라
우리가 엮여 계절이 되는 순간의 연속이므로

늦여름, 그동안의 내가 사랑한다는 말이 일렀음
을 깨닫는다

이 마음이 참 늦었다

나의 영원은 너를 사랑하는 동안에 있다

쓸쓸의 윤

차가워진 바람 한가운데 서 있는 일이 그리 외
롭지 않았어

어쩌면 나는 더이상 바람에
메마르지 않는 윤기를 가진 사람이란 것

바람이 불어올 때마다 그런 사람이 되어가고 있
다는 것

그 생각은 참 쓸쓸하기도 하면서 아늑했고
나를 적막하게 만들기도 했어

나를 메마르게 할 수 있는 것이
바람이 아니게 되어간다는 사실은 과연 기쁜 것
일까
적어도 지금은 기쁘게 생각해

나는 여기 홀로 불어 충만해지는 더 깊은 어딘
가로 가

나를 등지는 모든 쓸쓸한 것들도 참을 만해

쓸쓸해진 것들에게서 윤기가 나

쓸쓸한 표정을 짓기까지 얼마나 많은 표정이 지

나갔을까

얼마나 많이 스러진 다짐을 주워 담아야 했을까

쓸쓸해진 것들에게서

마침내 자유로울 수 있는 시간의 윤 같은 것이 나

바람 한가운데서 홀로 서 있는 것들에게선

쓸쓸함마저 윤이 나, 문득 경이로워

장마

눈을 뜨고 싶지 않은 날이 계속되었다

바닥에 구겨져 아무것도 하지 못하는 날이 이
어지자
잠깐의 외출도 어려워졌고
창에 든 햇빛이 길고 지루하게 느껴졌다

나는 이 미움의 여정을 알고 있다
얼마 후, 겨우 볼품이나 있어지겠지

사랑은 또 나를 이렇게 파괴했다
나만 완연하지 못한 여름 한 철이 계속되었다

읽씹과 안읽씹

나는 읽씹을 싫어하고
너는 안읽씹을 싫어했다

읽씹,

너와 이야기하고 싶은 마음이 없어

안읽씹,

너와 이야기할 수 있는 상태가 아니야

혹 누군가에게는 그 반대
풀지 못하는 사랑의 미로

나의 영원은 너를 사랑하는 동안에 있다

오늘은 볕이 좋아서

볕이 좋아서
곁에 가고 싶어졌어요

볕이 따뜻해서
곁에 있고 싶어졌어요

오늘은 그랬어요
하루 종일 나의 생각은 당신 곁에 있었어요

 나의 영원은 너를 사랑하는 동안에 있다

골몰해 기울여 당신을 사랑하고 있다

당신 품에 안기면 모든 일이 괜찮아지고 싶다

문득 서러워지던 일들도
돌연 가난해지던 날들도
사랑을 헤매다 한없이 초라해지던 얼굴도

당신의 어깨 위에서는 다 괜찮아지고 싶다

일 초간 두렵다

한동안 내가 좋지 못했다는 것을
얼마간 쓸쓸한 눈동자를 가졌다는 것을
당신이 알면, 꼭 사라져 버릴 것 같아서
이 사랑의 지구가 겁이 난다

이런 나를 들키고 싶지 않지만
당신은 이미 이런 나를 알아차렸을 것이다
그리고 눈을 맞추며 웃어줄 것이다

우리, 영원의 시점을 어디로 할까

이상하다
영원한 건 없다고 믿어야 하는 나이가 되었음에도
나의 영원은 너를 사랑하는 동안에 있다

믿기지 않는 순간을 실감하고 믿어가며
나의 영원은 너를 사랑하는 순간에 있다

말하자면 골몰해 기울여 당신을 사랑하고 있다
골몰해 기울여 당신을 안아주고 싶다

내 작은 품에서 잠시나마
당신의 모든 일이 괜찮아지길 바란다면
이것을 사랑이라 말해도 좋지 않을까

당신의 어깨너머로 지구가 저문다
당신을 만나기 위해 아파했던
모든 전부의 지구가 저문다

골몰해 기울여 내 안의 당신이 깊어지고 있다

폴란드 그릇과 버건디 목도리

1.

청록빛 밤이다

방식이라는 게 있다
행여 주름에게도 짙어지는 방식이 있다

엄마를 위해 폴란드 그릇을 사왔다
엄마는 육 개월 동안 폴란드 그릇을 쓰지 않았다
과일을 깎아먹을 때에도 꺼내지 않았다

어느 날 엄마에게 그 이유를 물었다

예뻐서, 깰까 봐
엄마의 대답이었다

2.

아빠는 동생으로부터 버건디색 목도리를 선물
받았다
생각해보니 아빠가 목도리를 두르는 일은 처음

이었다
　동생은 아빠에게 비건디색이 잘 어울릴 거라 했다
　아빠에게 버건디, 역시 처음이었다

　아빠가 목도리를 두르는 방식은 쉽게 눈에 띄
었다

　아빠는 모든 옷에 목도리를 했다
　누구라도 그가 제일 먼저 목도리를 둘쳐
　꽉 조여 맨다는 것을 알 수 있었다

3.
　청록빛 입춘의 밤이다
　금방이라도 눈망울 같은 밤이다

　주름이 깊어지는 그들의 오늘은
　폴란드 그릇에 담겨 버건디 목도리 옆에
　가지런히 놓여 있다

 나의 영원은 너를 사랑하는 동안에 있다

이별 후, 바람이 일러준 것

사랑을 끝내고 계절의 길목에서
바람이 일러준 것은 대부분 맞았다

또 한 번 나는 조급했고 사랑을 놓쳤다

인정하고 싶지 않았던 이별
나날을 묶어 계절 한 장을 넘긴다

불어오는 이 바람을 따라
나의 사랑의 향방은 어디에

그믐

그믐의 눈이 감긴다
이제 당신은 내게서 마저 떠나라

영원은 가는 것이 아니라 하는 것

또 한번의 사랑이 끝났을 때
나는 한참을 멍하니 감각을 느끼지 못했다

많이 내색할 수는 없었지만
아마도 추락 중인 듯했다
가본 적 없던 깊은 밑으로

예고 없이 찾아왔던 사람이
예고 없이 떠나갈 수도 있다는 게 사랑이란 거
였지

다시 힘을 내려고 하면 가슴 한쪽이 쓰라려 왔다

너는 나의 일부였던 사람
때때로 전부이기도 했던 시간

나의 눈동자는 오랫동안 너의 기억으로 물들어
영원의 꿈을 꾸었던 것 같아

오래보다 조금 더 긴 시간
가본 적 없는 미래로
영원으로 가자고 했던 것 같아

긴 해변을 걷는 것처럼 나란히 이름을 맞추며
걸어가자고

그러나 사랑은 영원으로 갈 수 없는 것

지금은 돌아갈 수 없는
너와 있던 순간순간이
토라지기도 했던 그 하루가 영원이었던 것

눈을 감았다 떠도
여전히 네가 내 옆에 있어주었으면 좋겠다고 바
라던
그 소원이 감히 영원이었던 것

영원은 사랑하는 순간에 하는 것

   나의 영원은 너를 사랑하는 동안에 있다

서로가 서로에게 깊어지던

그날에 우리는 감히 영원했던 것

내가 원했던 위로의 결

어느 날 혼자 가는 너의 길이 외로워진다면
너는 그릇을 들여다보는 것이 좋겠다

한낮의 햇살이 고였다가
면과 선을 혓바닥처럼 훑으며
그림자를 만들어내는 그릇의 오후

그릇의 그림자는 선명하게 둥글었다가
뾰족해졌다가 흐려진다

모든 일이 느린 걸음으로 일어난다

너는 말을 아끼며 비스듬히 시간을 통과한다

두 팔과 서로를 안고 있는 흙과 흙은
그릇이라는 단순한 형태로
사랑을 잃어버린 적이 없다

그릇은 다치지도 비어 있지도 않다

   나의 영원은 너를 사랑하는 동안에 있다

너는 수시로 나약해지고 위로를 거부한다

네게 필요했던 위로의 결은
빛이 머물다 다녀가는
그릇의 기분 같은 것이 아니었는지

따스한 빛이 통과하고 지나가는
그릇의 공기 같은 것
아무 말이 없지만 분명히 있는 것
어지러운 지금도 고요히 분명히 지나갈 것이다

나의 영원은 너를 사랑하는 동안에 있다

이렇게 취한 밤,

그리워할 자격

이렇게 취한 밤,

시절 인연

너와 나
한때의 시간을 보냈으나
서로에게 긴 시절이 되지 못했다

서로가 서로에게
각자의 시간을 기대려 하였으나
우리는 그 무게를 짊어질 수 없었다

같은 시간에 같은 공간에
파장처럼 중첩되었던 때도 있었다

사연을 포개고, 감정을 겹치며 안도하던 때
조약돌처럼 부대끼며 서로의 각을 둥글게 깎던 때

그러나 잠시뿐이었다
파장은 시절이 될 수 없어 수면 위로 사라져 갔다
전부를 걸면 결국 아무것도 남지 않았다

읽지 않은 메시지, 받지 않은 통화,

 나의 영원은 너를 사랑하는 동안에 있다

되돌려주지 않은 답신, 그렇게 오래된 부재중

서서히 잊혀 나간 것은
바람과 비에 깎인 풍화 같은 것이어서
다시 되돌릴 수 없다

지나온 시간을 등져 시절의 인연은
앞으로의 시절을 함께할 수 없다

그 시절처럼 아쉽지가 않고
무엇보다 나는 그 시절처럼 울 수가 없다

나의 영원은 너를 사랑하는 동안에 있다

사랑은 코미디같이 떠났다

철 없던 시절의 사랑은
모두 제각각 코미디같이 떠났다

우리는 어렸고
감정의 밀물과 썰물을 조절하지 못했다

열 번의 다른 봄처럼
열 두 번의 다른 겨울처럼
사랑이 떠나면
대부분 매달리는 나와
그것에 매달린 초라한 그림자만 남았다

우스웠다

떠나간 사랑도, 남겨진 나도

그중에 더 우스운 것은
사랑의 의지도
살아갈 집념도 꺾어버린 나

마른 뺨을 때리며 겨우 정신을 차렸을 때,
마음먹었다 우스워지지 않기로

사랑은 코미디같이 떠났어도
나 스스로에게는 결코 우스워지지 말자고

　　　　　　　나의 영원은 너를 사랑하는 동안에 있다

돌아선다, 내가 아닌 것으로부터

바람이 부는 날에 돌아선다
내가 아닌 것으로부터

돌아선 순간
얼굴을 때리는 바람은
몹시도 새로운 바람

나에게 상처를 주었던 모든 날 모든 것으로부
터 돌아선다
나에게 예의를 다하지 않았던 사람으로부터 돌
아선다

이것은 정당한 방어다
지난 날들에 대한 마땅한 공격이다

아마도 당분간은 쓰라리겠지
질긴 나날을 모질게 끊어내느라
어느 저녁에 속앓이한 얼굴을 하고 있겠지

그럼에도 돌아선다

내가 아닌 것을 하지 않기 위해

결연하지만 가볍게 돌아선다

등뒤에 후회는 남기지 않는다

돌아선 나는 아주 잘 살아야 한다

 나의 영원은 너를 사랑하는 동안에 있다

사랑에 꿈이 많던 시간

나는 내 모습이 마음이 들지 않았다

참을성 없고 정리되지 않은 감정을 폭탄처럼 들
고 다녔다

열에 시달려 늘 볼이 빨갰고,
어른인 척하고자 했던 계획은 금방 탄로났다

길을 잃고 무작정이고 가난했으나 꿈 하나 만
큼은 절실했다
번번이 사랑 앞에 고꾸라졌으나 사랑은 계속 되
었다

그때가 좋았다

온전하지 않고 완성되지 않은 얼굴이 좋았다

사랑에 꿈이 많던 시간들
그 무렵은 투명하게 눈부셨다

아름다운 것이었다

   나의 영원은 너를 사랑하는 동안에 있다

상처 입은 마음들

상처를 입은 마음은
부서져 금이 가 있습니다

나의 잘못으로
혹은 내가 손쓸 수 없던 뜻밖의 이유로
아프고 다친 것

상처를 바라보다가 생각했습니다

예쁘고 온전치는 않아도
공들여 들여다보면
이내 받아들여지는구나

상처를 입은 마음에 없었던 일은 없겠구나

똑같은 상처의 무늬는 없습니다

우리를 유일한 사람,
유일한 마음으로 만들어주는 것도

어쩌면 상처일 것 같아요

 나의 영원은 너를 사랑하는 동안에 있다

나 자신, 미래의 것

나를 아프게 하는 사랑은
그만 하는 것이 좋겠어요

미련이 남더라도
그것이 미래보다 중요하지 않아요

부디 나를 낫게 하는 사랑을 하세요

남극의 오후

우리는 죽어가는 것일까, 죽으러 가는 것일까
의미를 찾을 수 없었던 물음이 입 밖에 난 것은
한 냄비, 스프 때문이었다

지나간 모든 것이 스프를 저어내는 일 같았어도
내게 이토록 미욱한 마음이 눌어 붙었을까
깊숙이 스프의 수심을 건드려본다

스프가 뭉근히 엉기기 시작했을 때 나는 남극
에 도착하였다

나의 생활이 극단 사이 어딘가에 머무르다가
곤두박질쳐 수챗구멍으로 빨려 들어갔는데
처음의 간극은 내가 계절의 발목뼈를
살짝 삐끗한 데서 생겨났다

내부의 시계가 어긋난 것들은 모두 극으로 갔다

생이 났을 때 죽음도 태어났으므로

존재의 위치를 물으면 늘 극 사이의 어딘가다

사랑에 후려쳐져 극으로 고꾸라질 때면
호젓이 스프를 끓이곤 했다
다시 열렬히 살아보고 싶단 구조 신호였을까

그때, 봄해 앞에 펭귄의 그림자가 졌다면 당신
은 믿을까
뒤뚱거리며 걸어와 한 냄비의 스프를 완성하고
나를 식탁에 앉히고 한 그릇의 봄을 내왔다면
이 또한 믿을까

나는 펭귄과 마주하여 스프를 먹었다
남극에는 봄이 오고 있었고 우리는 아무 말이
없었다

잠시였지만 나는 가스불 앞에서
얼음이 녹아가는 펭귄의 속눈썹을 보았다

   나의 영원은 너를 사랑하는 동안에 있다

악몽 후에

악몽을 꾸었다
이상하다 몇 해 전부터는 악몽이 많이 줄었는데

나는 침대에 걸터앉아 선득한 가슴을 문질렀다

가슴에선 미움이 비죽 종유석처럼 만져졌다
마른 얼굴을 씻으며 나는 깊은숨을 쉬었다
동굴 속에 있는 사람처럼

악몽 후에 우리에게 필요한 것은 무엇일까
나는 믿게 되었다
악몽을 다독이지 못하는 순간들이 모여
사람은 건조해지는 거라고

폭설

너를 사랑할 때엔 너에게 지배당했다

너를 떠나 보낸 후엔 무기력이 나를 지배하고 있다
무거운 폭설처럼

무기력 앞에선 그리움도 다 허사이다

나의 영원은 너를 사랑하는 동안에 있다

가벼운 차림의 전화

아버지께 전화를 걸었다

간단한 질문과 대답으로 끝나는 아버지와의 짧
은 통화
늘 그 끝이 무겁게 마음에 걸리고 마는 통화

몇 개의 옷가지라도 좀 더 걸쳐줘야 했건만
이번에도 영 통화의 차림은 얇다
꼭 옷도 제대로 챙겨주지도 못한 채
눈밭에 아이를 내보낸 것 같아 한동안 마음이
찜찜해진다

참 나는 나중에 후회를 하고 또 후회를 하면 얼
마나 하려고

소량의 새벽

일순 나는 당신을 잊어가는 게 반칙처럼 느껴
졌다

당신을 사랑하는 일에는
처음부터 경계도, 규정도, 심판도 없었는데, 무
엇이?

더 정확히 말하면,
당신이 이렇게 서둘러 잊히는 일이 마치 반칙
같았다

더 이상 당신을 사랑하지 않기에,
저항도 해명도 필요 없는 조금은 불쌍한 반칙

이제 당신은 내게 여명이고
나는 지금 당신을 잊는 아주 소량의 새벽이다

생동감

당신으로 인해
모든 정물이었던 것이
동물이 된다

영원, 전부, 기적, 약속

영원은 너무 길다
전부는 너무 많다

기적은 너무 무겁고
약속은 너무 가볍다

우리 서로의 현재만 빌리기로 하자

풍선을 놓치다

바람이 불어와 어린아이는 풍선을 놓치다

그렇게 힘차게 불어낸 첫 숨은 날아갔다
표류는 그때부터 시작되었다

여전히 표류하며 생각한다

유년의 손에 풍선이 아닌
솜사탕이 쥐어졌더라면
산다는 것이 달콤까지는 아니더라도
혹 조금 덜 잔혹하지는 않았을까

    나의 영원은 너를 사랑하는 동안에 있다

연기처럼 사라지는 것

모든 것이 한 차례 연기로 사라지는 것이라면
언제 어느 좌표에 그런 일이 있었느냐고
얄궂게 시치미를 떼는 것이라면

그때는,
어쩌면,
무엇이,
그렇게,

이유들이 많았어?

앞선 계절감

가을이 되면
설풋 감 냄새가 다가와야 함에도
코끝에 귤 내음이 맡아진다

수척한 공기에 마른 머리를 쓸어 넘기면
한 움큼 손에 쥐어지는 슬픔

계절을 앞선다는 것은
결국 자진해서 아프겠다는 뜻
그것에 다름 아니다

취한 밤

내가 떠나온 거거든요 그 사람

멍한 정신이었을 텐데 짐만은 완고하게 싸서요
그때 그 가방을 싸던 확실했던 나의 손이 기억
나네요 우습게
집 앞의 전차 정류장에도 나갔어요 아예 떠나
가려고요

문을 나서며 다짐했죠 평생을 그리워하지 않기
로요
왜 그 시간에 나는 평생을 믿었을까요
평생 그 일을 해낼 수 있을 거라 생각했을까요
오분 남짓 전차를 기다리는 시간부터
벌써 그리워졌는데 말예요

이런 날이면 그리워요
이렇게 아무렇지 않은 날
아니 조금 혼자 취한 밤 그리워요 그냥 다요

짐을 싸던 순간부터
흘깃 잠든 그 사람을 바라봤던 순간들
뒤 돌아보지 마 내게 주문을 걸던 순간들 모두
다요
전차에 몸을 싣기 전 가방을 낚아채 가던
그 사람의 피로한 얼굴과 표정 다요

꼭 자격이 있는 것만 같아요
누군가를 그리워하는 일에도

그리워한다는 것만으로
이렇게 미안한 마음이 섞이는 것을 보면
그리워서 미안하고 못났던 처신에 미움이 솟아요

사랑이 행할 수 있는 일들을 믿지 않게 된다면
그것은 분명 사랑이 아니겠죠

그리움은 이미 출발했는데
나는 여기서 속도를 늦추고

 나의 영원은 너를 사랑하는 동안에 있다

도착이 두려워 어딘가에 숨어 운다면
그것 역시 사랑은 아니겠죠

사랑이 아니게 된 것이겠죠
더는 사랑이 아니게

그리워할 자격도 없는 거겠죠

그 사람과 소행성이 떨어진 곳에 갔어요
아직도 잔상이 역력해요

평평한 들판에 무덤 판 자리처럼
추락한 소행성의 자리가 파여 있었어요
우리는 저녁이 오는 들판과 구릉을 걸었죠

저녁과 밤이 이어지고 새벽이 오는 순간마다
사랑을 나누고 싶었는데
그때 우리 사이로 떨어진 것은 사랑이 아니었
나 봐요

줄곧 낙하한 소행성은 어디로 옮겨졌을까 궁금
해 했어요

우리가 다시 볼 수 있다면 소행성 이야기부터
하고 싶은데,
말할 곳이 나뿐이어서 왠지 오늘은 조금 억울
하네요

그곳에 춤추는 그대가 있어

바다는 완벽하길 바랐다
흔들림마저 거룩하기를 소원했다
자신의 균열을 들여다보는 것이 소름 끼치도록 싫어
수면의 풍랑을 일어 눈가림하였다

파란을 삼켜 속으로는 토악질하면서도
끝끝내 푸른빛이길 바랐다
넘실거리는 파도의 머릿결을 풀어헤쳐 자신의
방황을 감쌌다

늘 옆자리가 허전해 섬에게 절벽에게 기웃거렸지만
그것들은 깎여 나갈 뿐인 것들이어서 다시 돌
아왔다
바다의 수정은 완벽해야 했고 눈물마저 거룩해
야 했다
화려했지만 심연의 샘은 말라갔다

바다는 등허리에 상처가 깊어 햇빛에 조각조각
부서진 자리가

어느 날은 불에 덴 듯 쓰라렸다
바다에게 멈추어 쉬는 법을 일러준 이는 아무
도 없었다

죽기로 결심하여 바다는 자신 안의
정어리 떼들을 죽이려 하였다
그때 바다의 눈물이 정어리 떼의 중심으로 떨
어졌다
정어리 떼는 나비의 날개로 흩어졌다
바다는 그때 춤을 보았다 날아가는 꿈을 꾸었다

모든 것이 바뀌었다 바다는 춤을 추기로 하였다
정처 없이 떠돌던 방황이 춤이었던 것을 알고
는 즐거워졌다
이 시간 바다는 정어리 떼의 방향으로
한 발 한 발 춤을 추어 나간다

그곳에 춤추는 그대, 바다가 있어 격랑을 조금
참을만하다

공중전화가 울리길

오늘은 하루종일 비가 내렸어요

분주한 걸음으로 비를 피해 보니
어쩌다가 공중전화 박스 안이었어요

오래 갔어요 기다림이요

공중전화 안이어서
당신은 제 위치를 몰라요
발신하지 못해요

그만 그칠 줄 알았는데
그만 그치길 바랐는데
비는 오래 갔어요

꼭 세상이 꺼질 것 같았죠
당신을 꺼뜨릴 것 같았죠
한참을 웅크려 기다렸어요

그만 비가 그치길

공중전화가 울리길

    나의 영원은 너를 사랑하는 동안에 있다

바람이 시킨 일

버스 차창 사이로 바람이 스민다
바람, 수풀을 섞어 여름을 차리고 있다

차분한 아침, 얼굴을 감싸는 바람에 어른들의
말이 믿어진다
난 열심히지 않았던 거구나 사랑하는 일도, 잊
는 일도

후회를 버리면 바람, 넌 밀려가겠지
밀리고 밀려서 잡히지 않을 때쯤
넌 밀리고 밀려서 또 내게로 오겠지

오늘은 누군가의 말을 성실하게 들을 수 있을
것 같아
오늘만큼은 내 탓이었음을
쑥스럽게 웃어 보일 수 있을 것 같아

여행의 이유

여행의 모든 순간을 기억할 수는 없다

우리가 여행을 하는 이유는
영원히 늙지 않고 기억될 단 한 순간을 위해서다

  나의 영원은 너를 사랑하는 동안에 있다

파도가 멈추는 날

바다는 불쌍해요 파도 없인 바다도 없죠
상상할 수 있나요
파도가 멈춘 순간의 조용한 푸름을
그건 검푸른 바다의 주검이에요

벽 쪽을 바라보고 누워 있다가
문득 밤을 걷어 내야겠다는 생각을 했어요

내게 깔린 밤을 걷어내면
그 속에 파도가 치고 있을 것만 같았죠
나는 파도 치고 있었고 분명 파도소리를 들었
거든요

한참을 천장만 바라보면서
나를 혼자 두었거든요
나는 과연 그것이 잦아드는 것을 원했을까요

파도는 멈추지 않아요
파도가 멈추면 우린 바다를 잃으니까요

왜 이렇게 소리 없이 파도가 치죠
무던히 당신을 기다리겠다고 했는데
어디서 이렇게 파도가 쳐오는 거죠

당신도 막지 못하는 파도는 어디서 이렇게 쳐
오는 거죠

 나의 영원은 너를 사랑하는 동안에 있다

수평선

당신과 거닐면 온통 꽃 냄새 섞이었다
어딘지 달큰한 발효 과일 향 같기도 했다

봄바람에 취해 당신에게 내달리는 동안
폭폭 찌는 과일냄새를 뒤집어쓰고 정신을 잃었다

사방이 전부 너로 피어난 정원이었고
너의 향수가 술렁여 내 안에 찬 너를 모조리 쏟
아낼 뻔하였다

꽃송이들이 피어나 나무에 내렸고
나무는 격렬한 꽃들의 구애에 무너져 내릴 듯
하였다
모든 것이 너무하게 격정이 되는 계절에
난 당신 앞에 항변할 수 없는 시간을 가져다 놓
았다

이제 묻겠다 당신은 내게 수평선을 내어줄 수
있는가

나는 당신 너머로 항해하리라

만취의 계절에 당신은 이미 가두어져 있다

　　　　　　　　나의 영원은 너를 사랑하는 동안에 있다

시간의 행방

가끔씩 시간의 행방이 궁금했다

흘러가는지 고여있는지
어디로 가는지 어디에 있는지
그때마다 시간의 위치를 알 수 없었다

그러던 어느 날 한 장의 사진으로 알게 되었다

파도가 치는 바다 앞에 선 엄마와 아빠, 나의 부모

시간은 나의 앞에 있었다
엄마와 아빠의 모습을 띠고

수렴

사랑과 마음과 기억은 공평하다

결국엔 좋았던 마음도 미웠던 마음도
아프고 슬펐던 마음도 사라져 버리고 만다

제4부

너는 까마득히 없던 시절이 되었는데도

종착지

꼭 한 번 갈 곳이 있다
내 마음의 고요다

세상에서 가장 편안한 곳은
내 마음이라고 했다

연습 아닌 훈련

감정 다루기에는
연습이 필요한 줄 알았다

아니었다
훈련이 필요한 거였다

 나의 영원은 너를 사랑하는 동안에 있다

사랑에 대한 단상

내가 그곳으로 달려가는 것
그 사람이 나를 웃으며 맞아주는 것

파도라고 할 수 없는 잔물결들이

사랑이 저지른 것이 문제였다
사랑을 저지른 것이 문제이기도 했다

검열도 없고
무단으로 저질러 버릴 수 있는 그 일을
돌이킬 수 없을 때는

이미 가뭄으로 갈구하며
냉해 입은 마음과 끌려다니는 몸을
마구 저지르고 다닌 후였다

사랑의 해일이 일어나는 줄 알았지만
실은 파도가 가물어갔다 점점

문제는 폐허 된 가뭄이 더 이상
책임지기 어려운 상태에 이르고 있었다는 것이다

정말 두려웠다고 말할걸
그토록 사랑받고 싶었으나 사랑받기 두려웠다고

 나의 영원은 너를 사랑하는 동안에 있다

품어왔던 두려움을 진작에 모두 말해 버릴걸

물결조차 일지 않는 것은 아니지만
오랜 시간을 계속 지켜보아도
파도라고 할 수 없는 잔물결들뿐이었다

   나의 영원은 너를 사랑하는 동안에 있다

그쪽

그쪽에선 해가 지고 있겠어요

 지는 해를 바라보는 당신의 마음은 오후인가요
저녁인가요

여섯 시 이십 분쯤 여섯 시 십오 분쯤 여섯 시쯤

지난 가을엔 입모양으로
땅거미가 내려앉는 시간을 속삭인 적이 있었어요

그 누구도 아닌 내 마음만 들을 수 있게
작고 낮고 고요하게

노을의 시간을 되뇌면
잊히지 않는 기억이 될 줄 알았나봐요

도로 위를 달리다
길 위에 쌓여가는 노을빛이 기적처럼 신비로워
강을 바라봤던 것도 같아요 아무 말 없이

그때 나는 잠시 노을의 깊이로 당신을 그리워했
어요
저녁이 올 때까지 그쪽 생각에 잠겨 있었어요

 나의 영원은 너를 사랑하는 동안에 있다

뼈아프게 못된 날

1.

간헐적 이따금 가끔씩보다
띄엄띄엄 찾아오는 사이의 시간을
우리는 무엇이라 불러야 하는지?

그 시간의 간격은 잊히는 법을 모르고
망각되기 전에 잔인하게 나를 찾아온다

떠나 보냈으나 아직 사라지지 않은 기억

가끔씩보다 더 멀고 느린 간격이어서
더 서글픈 기억이 있다

어린 날의 내가 찾아오는 날이면
나는 손 쓸 수 없이 무너지고 마는데

그 아이

기억 속에는 어김없이 그 아이가 있다

나였던 아이다
작은 어깨에 모든 잘못을 이고, 거기 있다

2.

여름은 언제나 화력을 다한다
그 화력은 빗겨간 적이 없이 매해 더하다
무서울 정도로 막을 겨를 없이 불이 번져가는
듯하다

여름이 되면 오히려 봄보다
식물 하나를 집으로 데려오고 싶은 푸른 욕망
이 생긴다

이왕이면 볕을 많이 쬐지 않아도 되고
물을 많이 주지 않아도 되는 것으로

이 욕망은 강하게 솟구치면서도
정갈한 모습을 잃지 않는다
식물에 관한 것이기 때문일까

세상에 바삐 움직여도
결코 움직이지 않는 것처럼 보이는 선인장도
사실은 그 몸속에서 엄청나게
물의 사투를 벌이고 있다고 한다

선인장은 그 자체가 강이다
가죽 같은 줄기 안에서 물이 강렬하게 솟아
유려하게 꺾여 다시 뿌리를 향한다
물은 그렇게 순환한다

나무처럼 녹색의 욕망이 돋아날 때면
나는 깊은 잠에서 깨어난 것만 같다
이러한 마음은 다시 돌고 돌아 신고식처럼 치
러진다
눈을 뜨면 여름의 빛깔에 눈이 부시다

3.
그런 날, 그 아이는 소리 없이 나를 질타한다

‘왜 나를 구해주지 않았어’
‘왜 그곳에 나를 놓고 갔어’

무성은 무서움이다
잘못한 것만 떠오르는 못된 날
뼈아픈 잘못들이 나를 찌르고
가슴 깊숙한 곳을 다그친다

아무도 가보지 못한 가슴 깊은 곳의 그늘을
우리는 폐부라 부른다

나에게로 가는 길 위에 그 폐부의 집이 있다
그곳을 잊기 위해 한동안은 뜬 눈으로 세수를
했다

기억 앞에서 나는 세상이 불공평하다는 것을 깨
달았다
어떤 기억은 너무한 듯이 쉽게 잊히고
어떤 기억은 억울할 듯이 쉽게 잊히지 않는다

 나의 영원은 너를 사랑하는 동안에 있다

그렇게 쉽게 잊힐 거라면
마른침을 삼키고 가쁘게 호흡하며
북처럼 울리던 절절함은
도대체 왜 있어야 했던 것일까

4.

기억들은 꼭 숨바꼭질을 하는 것 같다
먼 길을 떠나오며 걸어온 길을 지운 줄만 알았다

사실대로 말하자면
뜬 눈으로 눈을 씻던 날들에
나의 어린 날을 울부짖듯 불러보았으나
아무도 응답하지 않았다

지워지는 것은 없었다 숨어있었을 뿐이다

보이지 않는 곳에 숨어있다가
찾으러 올 시간이 다 되었는데도 아무도 찾지
않자

스스로 모습을 드러내는 어린 나

'왜 나를 미처 다 수습하지 않았어'

물러나지도 않고 놀랄 것도 없이
나는 어린 나에게 항복한다

그 아이를 안아주지도 못하고 두 손을 든다
얼마나 외로웠는지 묻지도 못하고서

5.

잘못한 것만 떠오르는 못된 날이다
무참하다

눈앞에 서 있는 그 아이에게
참 오랫동안 미안했는데
오랜 시간 미안하다고 말했었는데
이제 미안하다는 말은 잘 나오지 않는다

간헐적, 이따금, 가끔씩보다
더 먼 사이사이의 날들 속에서
그 아이는 나를 기다렸을까

6.
　어느 날 문득 푸른 날에 무참해진다면
　그토록 식물을 들이고 싶었던 이유가 설명될 것
이다

　그 아이가 눈에 보이는 것도 결코 우연은 아닐
것이다

　여름의 화력은 어김이 없다
나는 그 화력에 항복한다
나에게는 어느덧 푸르러지는 한계가 와있다

　탁자 위에는 마음껏 푸르를 수 있는 식물 하나
가 놓여 있다

 나의 영원은 너를 사랑하는 동안에 있다

명랑한 목소리를 갖기 위하여

이 순간 사랑한다고 말해도 될까
나 그래도 괜찮은 걸까

사랑이 두려운 사람들에게는
뭐든지 언저리 즈음만 괜찮아
중심은 좋지 않아

중심에 다다르지 않은 길목
어느 변두리 즈음이 적당해

중심은 가운데를 관통하려 하거든
허락도 없이 찰나의 순간
마음의 한가운데를 관통하려 하거든

어차피 상처로 남게 될 것들
가로질러 떠나가 돌아오지 않을 거면서
그들에게 중심은 결국 바스러질 재일 뿐이야

전부라 여겼던 몇 개의 세상을 거치면서

자연스럽게 그들은 거부하는 법을 배워

오지 않은 미래에 움츠러
앞서 나간 약속들이 다 헛되게 느껴지지

그들은 눈앞의 연이 혹여라도 중심일까 봐
오래 새겨질 중심일까 봐 두려웠던 거야

중심일지도 모르는 또 하나의 사건,
그 인연에 명랑한 목소리를 내보았겠지

명랑한 목소리를 갖기 위하여
어떤 폐허를 삼켰는지
얼마나 깊은 슬픔을 가라앉혔는지
혹시 알고 있니

시간의 겹들은 그냥 얻어지는 것이 아니야
누구나 쉽게 얻을 수 있는 것이 아니지

　　　나의 영원은 너를 사랑하는 동안에 있다

미세하게 슬픔을 기록하고
아득함으로 문지르는 영역대

그들은 시간의 겹들을 뚫고 피어난
명랑함을 금방 알아차려
입꼬리에 폐허가 묻어 있거든

중심을 바라고 바라지만
중심을 세울 수 없는 그런 곳이

명랑한 목소리를 갖기 위하여
우리는 얼마나 중심을 바라 왔니

얼마나 나지막이 이 사건을 기다려 왔니
사랑한다는 말이 터져 나오는 이 환희를

언저리를 짓이기고 그만 두렵고 싶었을 거야
중심으로 가고 싶었을 거야

조의 맛을 느낄 확률

쌀밥에 콕콕 박힌 옅은 올리브 색깔의
이 작은 알갱이는 조라고 한다

아무런 신경 거리가 아니었던
이 사소한 점 같은 알갱이들이
문득 쌀밥을 찰지고 아름답게 만든다는 생각이
들었다

헤어짐의 문자가 아니었다면
나는 앞으로도 오랫동안
조의 존재감을 몰랐을 것이다

주근깨 투성이 같은 묘함
쌀밥 속에 각개전투로 흩어지고
어딘가엔 동굴처럼 모여 있는 귀여운 저항감

쌀밥에 박힌 조는 도대체 무슨 맛일까

아무리 세심하게 작은 간격으로 씹어봐도

   나의 영원은 너를 사랑하는 동안에 있다

조는 맛의 측정을 거부했다
　누군가 확률적으로 조의 맛을 느낀다는 것은 어
려운 일이었다

문자를 읽는 데는 수초가 걸리지 않았다
결말은 이미 나 있었으니까

밥알을 씹으며 다시 한번 문자를 읽는데
이 사이로 조의 껍질이 걸렸다
낮은 확률의 행운은 참 보드라웠다

아무 맛도 나지 않아서
고소하지도 담백하지도 않아서 외려 따뜻했다
사랑을 찾을 확률은 참 쓰라린데 말이다

또 내가 아니었구나
잘근잘근 조를 씹으며 한 번 더 이별을 받아들
였다

어쩐지 이번엔 이 작은 알갱이 때문에
금방 괜찮아질 수 있을 것 같았다

그리고 한 번 더 내가 견고해지길 바랐다

나의 영원은 너를 사랑하는 동안에 있다

사랑이 오려 해

봄이 오면 하루쯤은 마음 한가운데 그릇을 두
고 싶어

마치 달항아리같이
나 자신을 사랑하는 자세로

봄이 눈부신 빛무리를 내려놓듯
달이 적막한 빛을 내려놓듯
스스로를 외롭게 만들던 시간들을 내려놓을 거야

남몰래 감춰둔 외로움과
절박했던 시간들을 내려놓고 싶어

선명하게 채색되지 못한 빛들이
사방에 흩뿌려져 우리 앞에 내려앉고
얼기설기 우리가 간직한 슬픔을 다 기워갈 때쯤
또 사랑이 오려 해

빛이 지나간 후에

서로의 숨결이 더 가까워진다면

우리는 개의치 않고 다음 장막을 시작해볼까

 나의 영원은 너를 사랑하는 동안에 있다

물의 마음

나의 시간을 온통 너에게 쓰고 싶다
너는 갸웃하고 나의 어깨에 고개를 기대면 안 될까
네 안에 상처 입은 말들이 나에게 흘러들어오도록

숙박객, 잘 참아왔던 그리움

생각보다 비가 많이 내려
계획했던 일정이 틀어졌어

더 이상 갈 수 없을 거 같단 생각이 들었어

가던 길을 멈추고
계획을 바꾸고
약속을 늦췄어

미뤄둔다는 것은 그런 건가 봐

바쁘다고 난리법석을 떨어도
자그마한 틈은 있는 건가 봐

빗기운을 털어내고
예기치 않은 곳에서 하루를 묵게 되었어

이상하지
아무것도 없는 방안에

 나의 영원은 너를 사랑하는 동안에 있다

혼자인 것이 평화로웠어

불쑥 끼어든 새로운 사건이
어쩐지 싫지 않고 평화로워서
마음이 가지런해졌어
시간이 더디 가는 것만 같았지

그런 마을이 있잖아
하루를 충분히 쓸 수 있을 것같이
느리게 시간이 흐르는 곳

비가 오는 날
노을과 만월을 본 적이 있니
나는 우중에 노을도 보고 만월도 보았어

노을과 만월 중에
어떤 것이 더 많은 언어를 가졌을까
모두 너의 눈 속으로 젖어들었던 것들

나는 견줄 수 없는 두 개의 시간을 매달고서 조
금 걸었어

숙박객의 신분으로
하루 동안 방랑자의 모양으로

그리고 낯선 방문을 여는 순간
잘 참아왔던 그리움이 무너졌어
순식간에, 그렇게 참아왔던 그리움이 말이야

너의 이름이 나를 주저앉혔지
이후는 기억나지 않아
비가 언제 그쳤는지도

밤은 그렇게 갔어

   나의 영원은 너를 사랑하는 동안에 있다

무슨 할 말이 그렇게 많이 남았냐고 묻는다면

나는 사랑에 대해 오만했어요

할 수 있는 만큼 흔들리고 싶었고

어느 순간 다정한 말들이 듣기 싫었어요

따뜻함만으로는 지킬 수 없는 것들이 많았어요

무책임하게 느껴지고 답이 있는 것 같아 낯간

지러웠어요

차라리 냉랭한 시선에 가까워졌지요

그러는 동안 나는 희미해졌어요

내가 기억하고 싶은 나의 모습은 보이지 않아요

모든 사랑이 뿌옇게 흐려졌기에

지금 나는 슬픔의 방향으로 서행하고 있어요

지우고 지워지는 그 길로

이제 어렵게 머뭇거리며

오래 참아온 말을 할게요

돌아갈 곳은 알지 못해

나는 그저 사랑의 일부만 알았을 뿐이야

 나의 영원은 너를 사랑하는 동안에 있다

천장 위

오늘 천장의 밤은 어딘지 맑다
나는 오랫동안 천장을 바라봐 왔다

거처가 명확하지 않아 일 년에 이 년에 한 번씩
월세로 발린 천장의 벽지와 무늬와 얼룩은 바
뀌었지만
나는 줄곧 천장을 바라봐 왔다

이십 대 중반 즈음부터 생겨난 습관이었다

숱한 밤과 낮
천장을 바라봤음에도
그 일을 사랑했는지는 알 수 없다

천장을 바라볼 때
나는 하나의 시선
그것에 지나지 않았다

사랑, 그건 어쩌면 별 게 아니었다

천장을 바라볼 때면
나는 그보다 더 크고 무거운
무릎에 대해 생각했으니까

거대하고 잔혹한 세상 앞에 꿇려진 무릎의 나날

천장은 지나간 소요를 두기에 좋은 장소였다

가끔씩 천장에는 잊혔던 얼굴이 떠올랐다
그중엔 스스로 잊은 이름도 있었다

잊으면 안 된다고 결심했던 기억들도 사라지고
말았다
나의 일부였던 것들이 떠오를 때마다 흠칫 놀
랐다

머나먼 기억은 가깝게 느껴졌고
가까운 기억은 멀게 느껴지기도 했다
이제는 소용없이 떠밀려 간 것들이었다

　　　나의 영원은 너를 사랑하는 동안에 있다

어른이 되고 싶은 날들과
어른이 되기 싫어지는 날들 사이의 중간지대

　살면서 가장 푸른 아름다움은 거기에 있을지도
몰랐다

　나는 몸을 바로 눕히고
　바닥과 닿은 나의 편안한 면적으로 천장을 바
라본다
　하나의 시선, 그 깜빡임이 되어

나의 영원은 너를 사랑하는 동안에 있다

소금기와 설탕기

사랑이 지나간 얼굴에는
소금기와 설탕기가 남는다

어떤 사랑을 하였든
누구를 사랑하였든
얼마나 마음을 졸였든
약간의 소금기와 설탕기가 남는다

가까스로 웃어 보이는 얼굴 뒤에
남은 적당량의 소금기

내리쬐는 볕에
잔주름을 드러내며
괜찮아졌다고 말하는 적은 단맛의 설탕기

사랑은 하는 것일까 하게 되는 것일까

또다시 다음을 기대하는 것은
어딘가 외롭고 애처롭다

습관처럼 사랑을 하여
맞추어 볼 수도 없는
소금기와 설탕기의 비율

그날의 얼굴, 분위기의 그림자
과연 쓸쓸한 얼굴의 정오다

나의 영원은 너를 사랑하는 동안에 있다

사랑하지 않다

지금은 사랑하지 않는 것이
가장 안전한 지대라고 느낀다

적어도 이곳은 안전하다고 느끼며
후회들을 곱씹으며 지낸다

너의 북단

머나먼 남쪽으로 길을 떠나면서 알게 되었어
내가 이른 곳은 겨우 너의 북단이었다는 것을

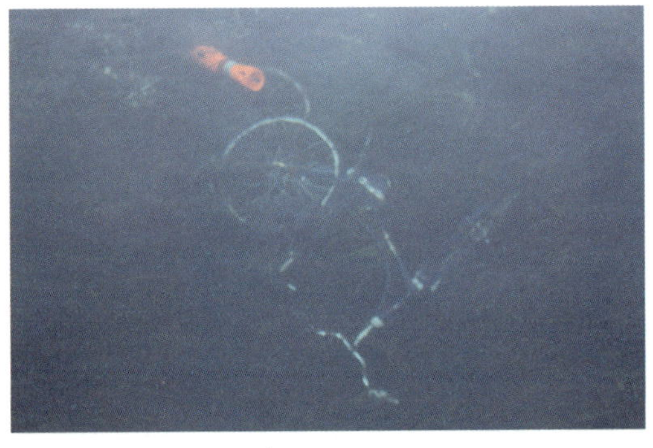

 나의 영원은 너를 사랑하는 동안에 있다

그 외

괜찮다고 하기엔
그 외의 것들이 너무 많다

그 외로 제쳐둔
대단치 않았던 사소함들

밀리고 밀려나서
쌓이는 줄도 몰랐던 기억의 저편
외쳐 버린 숲

이제 와보니
그 외의 것들이 너무 많다

   나의 영원은 너를 사랑하는 동안에 있다

며칠씩

그날 이후 나는 하루를 잊고 며칠씩 살아갑니다

며칠은 괜찮고 며칠은 괜찮지 않습니다

또 며칠이 괜찮아지면
또 며칠은 괜찮아지지 않습니다

어떤 며칠이 괜찮다고 해서
그다음 며칠 또한 괜찮은 것이 아닙니다

다행히 눈물은 그쳤습니다
나에게 회복되어야 할 것이 더 남아있던가요

나는 마치 그날들로부터
며칠을 끊어놓은 사람처럼
또 며칠을 살아갑니다

아빠가 조금 아프시다

아빠
살면서 그 이름을 많이 부르지 못했다
내게는 조금 가쁘고 목이 메는 이름이었다

아득하고 깊숙한 곳에서 출발하는 소리처럼 가
볍지 않았다

감히 그 무게를 짊어질 수 없어서
외면한 시간이 아파서
아빠를 발음하려고 하면
눈물이 먼저 순간에게 떨어졌다

감히 당도할 수 없는
웅숭깊은 아빠의 마음에
걸어보지 못하는 나의 무딘 닻

사랑한다는 말은 어딘가 어울리지 않았고,
그 말로는 다 채울 수 없을 만큼
나는 그의 깊은 어둠으로 떨어졌다

 나의 영원은 너를 사랑하는 동안에 있다

섬의 끝없는 밑, 그 땅이 내겐 아빠였다

너른 아빠가, 그런 아빠가 조금 아프시다
종종 살기 어렵다고 말하신다

세상이 귀찮아지고
사람 목소리가 듣기 싫어지고
점점 혼자만의 시간이 많아진다

아무렇지 않은 날 모든 게 덧없어지신다

가볼 수 없었기에 가본 적 없었기에
쉽게 살펴볼 수 없는 어둠의 영역

여전히 통화는 나무 장작처럼 투박하고 말랐다
무언으로 서로의 무게를 알기에
짧은 마디로 안아주었다 생각하기에

나의 마음이 우주의 작은 빛이길 바라본다

저 먼 곳의 빛은 오늘도
우리가 살고 있는 행성과 도시를 향하고 있다

어둠 속에서 출발해
짐작도 되지 않는 긴 시간을 달려
또 다른 어둠으로 건너오는 빛

그 빛에겐 이곳이 끝이 보이지 않는 여정의 종
착일 것이다

나는 꼭 그 빛 같다
늦어 버렸대도 오랜 시간을 다해
나의 아빠, 나의 아버지에게 다다르고 있다

 나의 영원은 너를 사랑하는 동안에 있다

왈츠

당신은 속눈썹에 나부끼는 조용한 바람

추위가 물러간 평온한 저녁
내 눈썹 밑에 공기가 멈추었다
당신이다

우리는 라일락 향기를 몰아 영원으로 가자

밤산책

밤은 끄고

달은 켜고

슬프지 않은 당신과 별과 거닐다

　　　　　　　나의 영원은 너를 사랑하는 동안에 있다

내가 너를 더 기억한 채로

　어두운 당신의 얼굴에서 여름빛을 되돌리고 싶
었다
　나의 아픔을 꺼내놓고 말갛게 사랑을 씻던
　한 여름날 햇빛 아래

　당신보다 당신을 내가 더 기억한 채로
　어디론가 숨고 싶었던 것 같다
　온전히 당신을 원했으므로

　당신의 얼굴은 깨끗하고 눈부셨다

　당신의 눈 속에 담긴 빛이
　이대로 영원하면 좋겠다고 바랐던 여름이었다

　　　　　　　　나의 영원은 너를 사랑하는 동안에 있다

우리의, 사랑의, 풍

당신의 얼굴이 내 앞에서 사라지면
눈이 있던 자리가 남아요
무엇을 말하려 했던가요 그 눈은

당분간은 슬픔 곁에서 지내기로 해요
봄이 오기까지 조금씩 털어낼 테니까

아직 어둡지 않은 저녁이에요
조금 쌀쌀하네요

돌이킬 수 없는 것에 대해
아주 남김 없이 후회를 해본 적이 있나요

당신의 터는 허이던가요

오늘은 달이 숨은 듯 얇네요
감추지 말고 당신의 눈을 보여주세요

적은 달빛과 걷다 보면

우리는 이대로 함께 사라질까요

이것이 우리의, 사랑의, 풍이던가요

　나의 영원은 너를 사랑하는 동안에 있다

없던 시절

사랑에도 끝이 있다는 게 가장 겁나던 때였다

겁이 나서 네게 달려가고
항상 제자리에 있는 너를 확인하고 또 안심하고

돌아보니 두려움마저 무모하고 푸르렀다

너를 사랑했던 기억들은 지금 어디에
너를 보낸 이 시간도 언젠가 시절이 될까
어떠한 색과 이름을 가지고 그렇게 될 수 있을까

여기, 사랑했던 나만 남아서
너는 까마득히 없던 시절이 되었는데도

네가 저문 녘

녘이란 말에는
방향과 공간과 시간이 묻어 있어

네가 저문 녘에는
끝이 났어도 아직 끝나지 않는 것이 있다지

제5부

너는 전부였는데,

겨우 사랑이었다

늦여름, 미드나잇

1.

우리 앞에 여름밤이 놓여 있다

아직 한낮의 열기가 식지 않은
짙은 여름밤 앞에 우리가 있다

미드나잇을 여는
사랑의 관문처럼

사람이 계절로 기억될 수 있을까

한 여름이라던가
한 봄이라던가
한 가을이라던가
한 겨울이라던가

기억될 수 없다고 하기엔
너는 내게 이미 한 여름이다

온 여름을 통틀어

너는 거부할 수 없는 명령이다

2.

무르익지 않은 여름밤에게

네가 나의 사랑이 아니길 바란 적이 있다

사랑은 다른 두 세계의 충돌

충돌하기 전에

이미 심장을 관통해버리는

찰나의 빛

사람에게 깊어지는 일은

반드시 깎이고 다치고 아픈 것

사랑은 깊고 깊어서 두려운 것

열기가 무르익지 않은 여름밤에게

 나의 영원은 너를 사랑하는 동안에 있다

사랑이 두려운 나는
네가 사랑이 아니길 바란 적이 있다

이미 관통당해버렸다는 걸 알았으면서도

간절한 마음에 눈물이 쏟아지던 여름밤이 있었다

3.
너는 내게 손을 달라고 한다
너는 나의 손을 가져간다

우리는 손을 맞잡고 눈앞의 밤을 본다
그렇게 우리 내일을 함께 보자

아니 순간이 되어
일초씩 일초씩 열심히 지금에 있자

우리는 안다
서로가 영영 잊히지 않을 여름밤임을

나는 알아야만 한다
두려워하기엔 주어진 시간이 짧다는 것을

나는 이제 너에게 응답할 것이다
사랑의 관문을 넘어갈 것이다

미드나잇으로 달려갈 것이다

4.
　전력을 다한다고 우리가 영원이 되진 않을 것
이다

어쩌면 사랑했던 우리가
흔적 없이 사라져 버릴 수도 있다

사랑은 종종 그런 것들만 남기고
우리가 알게 되는 것은 대개 그런 것들이다

5.

나에게 묻는다
여름보다 뜨겁게 타오르는 사랑을 해본 적이 있
는가

시간을 멈추고 눈앞에 펼쳐진
여름밤의 풍경과 바람을,
너의 목소리와 눈빛을,
시시한 농담을,
함께 짓던 웃음을,
두 손안에 갇힌 체온을,
박제하고 싶었던 사건이 있었는가

너는 내게 일생일대의 여름이다

오후의 안도감

너의 말엔 먼지가 쌓여 있었다
고로 네가 사랑한다고 말할 때에도 먼지가 묻
어 있었다
얼마나 사랑을 멀리했던 것일까
먼지 기운에 나는 코를 킁킁거렸다

우리는 서로의 말을 맞대고 누워
늦은 오후를 통과하고 있었다

나이 든 정오의 빛이 창에 스며들었다
공중의 먼지를 바라보다 우리는 시선을 마주했다

서투른 눈빛의 각도와 따사로운 맛

노을의 그림자가 길어지는 것은 다행이었다
나는 조용히 너의 그림자 안으로 걸어 들어갔다

 나의 영원은 너를 사랑하는 동안에 있다

풍습

너는 외출에서 돌아오고 있지 않다
너는 여행을 좋아하지 않았다

바람이 분다

나는 기다림을 좋아하지 않았다

어떤 외출은 역설적이다 돌아갈 곳이 없다

모든 기다림 또한 역설이다
부재하는 것으로 존재를 기억한다
아주 또렷하게

저녁이 온다

너를 기다리는 일이
어느덧 나의 풍습이었다

 나의 영원은 너를 사랑하는 동안에 있다

평범한 얼굴

마침내 그는 평범한 얼굴을 가지게 되었다
얼마만이었던가

그는 차라리 하나의 빗방울이고 싶었다
아득한 비가 되고 싶었다

다시 세상으로 돌아오지 않을
아주 멀리 떠내려 갈

잊고 또 잊어
아무것도 지나가지 않았던 얼굴이 되고 싶었다

나의 영원은 너를 사랑하는 동안에 있다

너와 나의 아스파라거스

아스파라거스의 질감에 대해서는 약간의 설명
이 필요하다

아스파라거스의 소원은 한 그루의 나무가 되는
것이었다
자라고 보니 한 치가 그의 키였다
아스파라거스는 숲을 이루고자 했으나 늪으로
자랐다

나무가 되지 못한 절망감이 덥수룩 땅에 가 덮
였다
아스파라거스는 숲을 우러른 발끝이었다
그 단단한 대의 힘은 욕망의 힘줄이었고
미움이 우거질 때마다 한 줄기 아집이 늘었다

아집은 욕망과 스러진 욕망 사이에 머문다
무릇, 아스파라거스는 아집으로 묶인 채소이다

아스파라거스는 그의 단단한 육체가 부끄러웠다

차라리 발끝을 힘껏 오므려 흉측하고 싶었다
그의 전부가 아킬레스건이었던 것이다

아스파라거스의 전신으로 사람이 살아가는 것
을 아는가

볶은 아스파라거스 한입에 공연히 마음이 너그
러워지는 것은
그것의 질감이 우리의 아집과 닮았기 때문이다
일순 지나간 시간들이 치명적으로 약해지는 탓
이다

아스파라거스는 그의 아킬레스건 전부이기도
한데
이토록 무를 수 있다는 것은 그에게 미안한 일
이다

꼭 자신을 미워하지 않아도 되었을 일이다

 나의 영원은 너를 사랑하는 동안에 있다

　오므린 발끝을 펴서 우아한 육체여도 되었을 일
이다

　얼굴 붉히던 순간들에 지금처럼 우리의 아집이
물렀다면
　너와 나는 한 발치 물러설 수 있었을 것이다
　무성했던 욕심만큼은 다치지 않았을 것이다

　아스파라거스의 발끝이 닿은 곳으로
　우리는 물러나야 했던 것일까

각자의 낮달의 말

속은 엉망이고 피부가 까슬한 날이면
엄마는 내게 아무것도 묻지 않고 말씀하셨다

잠을 좀 자두어

소음이 둥당거리는 밤 낮달처럼 그 말이 거기
떠있다

잠들지 못하는 밤
생각 한 편에 곤히 잠들어 있는 반투명한 달

각자의 낮달의 말들이 거기에 있어
우리를 지속하게 했을 것
쓰러지지 않도록 우리를 투명하게 희석시켜 주
었을 것

잠을 좀 자두었더라면 무언가는 달리 되었을까

평생을 어리석었는데 또 한 번 어리석다
물끄러미 낮달만 쳐다본다

  나의 영원은 너를 사랑하는 동안에 있다

낮은 지대에서

우리는 함께 몰락해야 한다
두 손을 맞잡고서

1.

어느 해안에서 사백 마리의 고래가 죽어가고 있
었다
그때 나는 낮은 지대에서 가까스로 숨을 쉬고
있었다
함께 죽어가고 있었다
여전히 그 해안의 이름은 잊히지 않는다

2.

문득 영혼이 살찌는 소리가 들렸다
견고하게 나를 가로막았던 둑들이 터져 나갔다
열이 오르고 있었고 내가 누운 땅은 편평했다

3.

나는 좋은 사람이 되지 않을 거라는
잠정적 결론만이 떠올랐다

4.

조난이었다고 한다 고래들의 떼죽음은

사백 마리 중 어떤 고래 한 마리가 구조요청을
보냈다고 한다
한 마리를 구하기 위해서 모두가 낮은 지대로
갔다
이 잠정적 결론은 꼭 신화처럼 믿긴다

5.

나 또한 그곳으로 갔다
그 해안의 이름은 골드 코스트다 황금만이라니
비극적이다
타락이 아니고서야 우리는 함께 몰락해야 한다

　나의 영원은 너를 사랑하는 동안에 있다

촌스러워도 좋은 것들

몇 해가 지났습니다

이제 당신과 나 사이에 엷은 바람도 오가지 않
습니다
축제였던 계절이 아무런 위로도 없이
지나갈 때마다 나는 앓아야 했습니다

이제 당신이 새로운 사랑을 시작해도 좋을 것
같습니다
그 소식을 듣고도 나는 희미하게 웃어 보일 수
있겠지요

언젠가 우리가 다시 마주한다면
각자가 사랑이 행하는 일에 조금 덜 속고
사랑이 행하는 일에 더 유연해져 있으면 좋겠
습니다

그렇게 많은 것이 변한대도
그리움의 말은 가장 단순하기를 바랍니다

보고 싶었다는 말은 어떤 음절도 더하지 않은 채
더듬더듬 말하면 좋겠습니다

사랑에 유연해져도 그리움 앞에서는
언제까지나 조금 촌스럽기를 바랍니다

 나의 영원은 너를 사랑하는 동안에 있다

달그림자의 밤, 깊다

사랑한다는 것은 슬픈 일이었다

사슴 한 마리가 샘물에 눈을 헹구듯
잔잔한 물기가 어리는 일이었다

이상하다 이미 나는 너를 사랑하고 있다

사슴을 따라 잠시 너의 눈에 다녀왔으므로
너와 함께 너의 이름처럼 살고 싶어졌으므로

그러나 사랑한다는 것은 슬픈 일이기에
얼굴에 한 줄 거미줄이 붙은 것처럼
미약한 기분으로 걸려 있어야겠다

나는 떼어져 나갈 것이므로

걸어둔 적이 없는데
너는 내게 오래된 달처럼 걸렸고
나는 네게 무게 없는 그림자를 기대었다

이상하다

너를 사랑하게 된 밤

하늘엔 슬픔과 무관하게 무수한 별이다

결국 달그림자는 스러지는데

그것과도 무관하게 수북이 별이다

　　　　나의 영원은 너를 사랑하는 동안에 있다

종이

아무렇지 않을 때
아주 완벽한 날
불쑥 네게 아슬하게 베이고 만다

좀 억울하긴 하지만
내 탓이다
짜릿하게 내 탓이다

그러나 좀 너무한 날엔
네 탓이다

봄바람의 성분

봄바람에는 유리가 들어있다
마음의 살갗이 자꾸 찔렸던 이유가 있다

명치 끝이 싸르륵 싸르륵

누구나 느꼈지만 아무도 몰랐던 사실
봄바람에는 유리 조각들이 부서져 있다

그럼에도 봄은 여전히 사랑에 닿고자 하는 사
람들의 것이다

  나의 영원은 너를 사랑하는 동안에 있다

아비의 바다

두 번 아비의 눈물을 보았다
아비의 눈을 제대로 본 적은 없다
내 아비의 눈을 보는 것이 두려웠다

아비의 눈엔 시종 물기가 묻어 있었다
눈 너머로 꼬리 긴 별들이 넘어갈 듯했다

별의 자취를 쫓으면
아비의 바다에 빠지고 말았기에
나는 그 눈만큼은 외면해야 했다

아비의 눈을 등지고서 나는 아비를 그리워했다
그의 눈을 떠올리면 수평선도 짧았다

평생 아비는 눈으로 억센 파도를 막았다
그러나 아비도 파도소리만은 막아내지 못했다

생의 파도가 불어 아비의 둑을 부수고
눈에서 파도소리가 새는 것을 나는 들었다

맥없이 무너진 둑이었기에
나는 그때도 아비의 눈을 바라보지 않았다

아비가 겹다

두 번 살아도 나는 아비의 수심에 이르지 못한다
아비의 바다 앞에서 나는 뭍처럼 얕다

이것이 내가 별을 따르지 못하는 이유다

아비의 둑이 거기에 있어 나는 뭍일 수 있었다
두 번 살아도 나는 아비의 수심에 이르지 못한다

   나의 영원은 너를 사랑하는 동안에 있다

호우를 피해서

퍼붓는 빗발에 혼쭐이 나 빗소리를 잠근다
 죄된 것은 씻긴 줄 알았으나 여전히 질타는 저
리 너르게

 기나긴 호우 속 묵음 되어지는 격정

 무엇을 해명하려 머리칼을 얼굴에 붙이고 흠뻑
젖었나
 무엇을 다 토해내지 못해 목놓아 우레를 기다
렸나

길 위에 떨던 나에게선 펄펄 우악이 끓었다
누구에게나 심장마저 육체이지 않았던가
그 시절 뜨겁게 폭주하여 많은 것을 죄되게 했다

호우를 내렸다

이제 와 우악은 얌전히 호우를 피해 앉아있다
묵음된 것 속으로 질금 질타를 묻는다

가슴 한쪽에 파열음이 날 뿐 우레는 울리지 않
는다

 나의 영원은 너를 사랑하는 동안에 있다

건조해지는 것

건조해지는 것에 대해 생각했다
다행히 그것이 어른이 되는 길이라 생각하지는
않았다

육체가 욕망으로 생물처럼 꼬물거리던 때에
아직 점액질도 다 씻어버리지 못한 때에
말갛게 씻고 볕에 나가 나는 분명 건조해지고
싶었다

그때마다 번번이 여름이 찾아왔다

사랑은 나를 파괴했고 나는 여름의 증기에 체
했다
폭우가 거세질수록 촘촘하게 엮인 생활의 체중
이 깊어졌다

나의 영원은 너를 사랑하는 동안에 있다

먼 곳에서

나는 갸륵한 인간이다
이제 좀 내 안의 악의를 견뎌낼 수 있는 것일까

나는 엄마에게 묻고 싶어졌다
당신 같은 사람도 세상에 악의를 가졌던 때가
있냐고

몹시 바람이 부는 저녁
나는 갸륵했고 엄마가 미친듯이 보고 싶었다

나의 영원은 너를 사랑하는 동안에 있다

미래라는 말

술잔을 기울이며 네가 말했다

'미래에도 우리가 이렇게 웃으며
이야기할 수 있으면 좋겠네요'

미래? 순간 불안이 구원되는 기분이 들었다

좋아하는 사람의 입에서
나오는 미래라는 말은 참 좋은 거였구나

미래, 미래라는 말을 몰래 입속에 굴려보았다
입속의 술이 달았다

체류가 끝났다

네 안에서의 체류가 끝났다

너를 사랑한 피곤함이 한꺼번에 몰려왔다
되짚어도 나를 두고 온 자리가 생각나지 않았다
슬픈 일이었다

너는 전부였는데 겨우, 사랑이었다

소원

　살면서 우리에게 진정한 사랑이 몇 번이나 찾
아올까요?

　우리를 눈멀게 하는 사랑이 몇 번이나

　저는요,
　청춘을 모조리 남김없이 쓰고 나서야 걸음마처
럼 깨달아요
　아니요, 걸음마처럼 다짐해요

　사랑에 대한 맑은 태도를 갖기로

　사랑에 관하여 내게 남은 소원이 있다면
　사랑에 대한 맑은 태도 그것뿐이에요

아드리아해에 가본 적 있나요

1.

　종착지에 이르기까지는 모두 경유지일 뿐이다

　그곳에 사랑에 관한 어떤 태도를 놓고 왔든
　우리는 단지 종착이라 여겼던 믿음들을 경유했
을 뿐이다

　몇몇의 순간은 사라지지 않아
　영원에 가까워졌는데도 말이다

　열 시간 정도였을 것이다

　나의 영원은 너를 사랑하는 동안에 있다

그때 아드리아해와 나란히 평행으로 놓였던 시
간이

낯선 터미널에서 버스에 몸을 싣고 내달렸던 밤
나는 끊임없이 문장을 써내려 갔다
무수한 밤이 문장들로 빼곡히 채워졌다

2.
한 문장은 나의 오른쪽 팔뚝에도 새겨졌다
 스물 여섯 해, 낯선 나라의 언어로 새긴 문장
이었다

아드리아해에 아침이 밝아오자
그 문장 위로도 빛이 내려앉았다
반짝였고 빛났다

하나의 사랑에 다소 많은 해명이 필요하던 시
기였다

누군가를 잃었고 문장을 얻었다
경유와 종착이 거짓말처럼 짓궂게 반복되었다
외로움이 깊었고 기댈 곳이 필요했다

복잡하고 모호한 사람의 일이 살아가는 일이
한 문장에 기대어질 수 있을까

그렇게 되기도 한다
나는 타국으로 가기 전, 그 문장을 얻었다

'나는 내 인생을 금빛으로 물들일 것이다'

밤이 새벽으로 지워지고 새벽이 아침이 되는 시
간에
아드리아해를 바라보다가 차창에 머리를 대고
잠을 청했다

실은 불확실한 시절을 기댔다
그게 문장이든 차창이든 여행이든 도망이든 방

　　　　　나의 영원은 너를 사랑하는 동안에 있다

황이든

　창밖에는 여전히 아드리아해가 펼쳐져 있었다

3.
　아드리아해는 물이기보다 고여 있는 빛에 가까
웠다

　마치 끝없이 이어지는 고요한 노래 같았다
　적막이 치유가 되는 법을 아는 듯한 푸른 빛의
노래
　아드리아해는 작은 숨결로 노래를 들려주었다

　주저 앉은 것들을 어루만지는 따뜻한 위로였다
　이따금 바다 내음을 간직한 옅은 바람이 실려
왔다

　물결은 잔잔하게 넘실거리며
　상처 난 곳을 보듬고 유유히 흘러갔다

4.

　그 사람이라면 나의 문신에 입을 맞추었을지도
모른다
　한 글자 한 글자 뜻을 물어가며
　미친 듯이 사랑했던 그 사람이라면 그랬을 지
도 모른다

　그러나 대개 비극이 그렇듯이
　나는 그 사람을 잃고 팔뚝에 문장을 새겼다

　방황과 굳은 결심 끝에
　한 문장을 갖게 된 나의 꿈은 절실했다

　다시 사랑이 찾아와서
　다정하게 문신에 입을 맞춰 주길 바랐다

　나를 지켜주는 문장에 키스를 하는 사람을
　비로소 나는 지켜줄 수 있을 것이다

 　나의 영원은 너를 사랑하는 동안에 있다

5.

　행렬처럼 사랑을 잃고서야 나는 깨닫는다
　사랑의 본질은 상실이라는 것을
　상실로 기록되지 않은 것은 사랑으로 기록될 수
없다

　우리가 사랑 안에서 길을 잃었던 이유를
　이해하고자 한다면 결국 이해하지 못할 것이다
　그것은 반복되는 낮과 밤 같은 일이며
　때로는 밤과 낮 같은 일이므로

　종착지에 이를 때까지는
　행렬처럼 받아들여야 하는 일이므로

　사랑의 본질이 가까이 다가왔을 때
　나는 왜 아드리아해를 떠올렸는지 모르겠다
　이제 와 바다에게 물을 수도 없다

　그날 아침의 낱낱한 기억이 떠올랐다

6.

아드리아해에게 고맙다는 말을 해야 한다

그날 아침 거기 있어 주어서
지금도 거기에 있어 주어서

아드리아해의 빛이 나에게 반짝였을 때
나도 모르는 사이에 바다에게 말을 건넸던 것
같다

'이번엔 원하는 것을 찾을 수 있을지도 모르겠
네요'

 나의 영원은 너를 사랑하는 동안에 있다

썸머타임 랩소디: 나는 지금 너르다

1.

그곳에는 폭우가 그쳤는지 안부를 띄운다
가을날에 떠가는 한 점 구름을 바라보며

이것은 얼마간 아버지에 관한 이야기이며
얼마 즈음은 십 년 간의 칠월에 대한 타이핑이다

오래 이어진 비가 거짓말 같이 그쳤고
이내 불볕을 몰고 온 폭염이 이어졌다

강렬한 더위가 이어졌음에도
지구의 축은 어느덧 바람에게서 축축한 습기를
가져갔다
막, 입추가 지났다

폭우, 폭염, 폭설
폭을 앞에 단 글자, 그 계절의 일을 생각하면서
잠시 폭한이라 썼다 지웠다

폭한

매서운 추위에도 폭을 쓰는지?
폭한이라는 말은 영 낯설었다
어쩌면 아직 진짜 폭한의 영역으로는 가보지 못
해서 일수도

계절의 변화는 팔뚝이 가장 먼저 알아차렸다
걸음마다 허공을 휘젓는 팔에 미세하게 선선함
이 스몄다
이번엔 또 어떤 여름이었는지
얼마나 잔인하고 또 아름다웠는지

2.
언젠가부터 가장 좋아하는 과일은 천도복숭아
였다

복숭아보다 단단하고 상큼하며,
단맛에 신맛을 더한 천도복숭아는

   나의 영원은 너를 사랑하는 동안에 있다

갈증을 풀기에도 진 빠진 여름의 풀기에도 좋
았다

여름이 온다는 것은 천도복숭아가
빨갛게 익어간다는 뜻이었고,
나는 무르익은 과일의 과즙을 터뜨리는 것으로
여름에 흠뻑 젖을 수 있었다

천도복숭아는 무른 것이나 단단한 것이나 각자
대로 맛있었다
나는 복숭아를 무는 것으로
여름날의 욕망을 표현하고 싶었는지 모른다
검어질 정도로 빨강이 치달은 흑홍의 욕망 말
이다

여름에 난 과일 중 천도복숭아는 무엇보다 빨
갰다

자두나 앵두와는 다른 빨간색이었다

검붉게 익은 과일의 맛
그것이 내겐 여름을 보내는 맛이자 낙이었다

무더운 저녁, 온종일 땀에 젖은 몸을 씻고
선풍기 바람을 맞으며 베어 무는
천도복숭아는 너무나도 맛있었다

3.
칠월에는 대체로 비가 많았다
태풍은 일렀지만 폭우가 잦았다
비가 퍼붓는 날이면 고향을 가로지르는 천에는
물이 불었다
집 앞 고수부지라 불리는 곳이었다
볼이 빨갛던 사춘기 시절,
마음이 왕왕거릴 때 이어폰을 꽂고
온몸에 땀이 솟을 때까지 내달리던 장소였다
화물 트럭을 몰던 아버지가 차를 주차해놓는 곳
이기도 했다

  나의 영원은 너를 사랑하는 동안에 있다

동네 간을 잇는 다리가 있고 넉넉한 폭의 물이
흐르던 곳

나의 여름 기억의 일부는
천 위에서 다리 위에서 불어난 물을 보는 아버
지로 기록된다

"어디야? 밥 먹었어?"
"거기도 비 많이 와? 여기는 비가 오다가 그쳤네"

수사 없이 필수적인 성분으로만
구성된 대화가 오가는 수일 간격의 전화
아버지와 전화는 늘 그랬다

폭우가 내리고 물이 넘치는 날,
아버지는 나의 전화를 받을 때면 그곳에 계시
곤 했다

비는 운전을 하는 아버지의 일을 막았기에

아버지를 며칠씩 보름씩 무력하게 만들었다

뭐 하고 있냐는 물음을 던지면
아버지는 고수부지에 나와 물구경을 한다고 했다

빠른 유속으로 넘쳐흐르는 천을 그저 바라보고
있다고
물 위에 새물이 겹치고 새물 위에 또 물이 겹쳐
흐르는 것을
그저 응시하고 있다고

해가 쌓여도 그 일의 이유를 차마 묻지 못했다
아버지의 영역이자 아버지의 시간이었기에
몇 해 전 있었던 가슴 아픈 일을 상념하였을까
물은 범람하여도 전화 너머 아버지에게 건네는
말은 가문다
왜 그토록 아버지는 흘러가는 물을 바라보러 갔
던 것일까
물 곁에, 천 곁에, 강 곁에 갔던 것일까

　　　　　나의 영원은 너를 사랑하는 동안에 있다

그 생의 깊이를 나는 또 큰 들숨으로 묻는다

그곳에 서서 아버지는 예감했을 것이다
물이 불어나면 또 태풍우가 몰아칠 것이라는 걸

서른 해가 지나고 여름이 끝날 때 즈음이면
한가지 안부가 바람결에 실렸다

멀리 떨어져 지내는 아버지의 안부가
몇 날 며칠을 도로 위에 잠들고,
그렇지 않은 날엔 물가에 가 있는 아버지의 안
부가
그곳의 폭우의 안부가

4.
봄, 삼월생으로 나서 칠월이 펼치는 모든 생을
좋아했다

아름답고도 잔혹한 사랑의 기억이 존재했기에

더욱 강렬히 칠월을 좋아했다
그러나 여름에는 유독 글쓰기가 빈약했다
글을 낸 기록을 봐도 여름은 단식처럼 비어 있다

글쓰기를 중심으로 삼는 사람으로서 심한 체증
에 걸린 터였다

도로 위에 들끓는 아지랑이와 함께
번져가는 푸른 나뭇잎과 함께
문장이 수만 개의 기포로 떠올랐지만
미처 엮지 못하고 사라지게 두었다

내 안에서 난 것이므로 언젠가 어떤 까닭으로
다시 등장할 것이라고 믿었다
그 믿음으로 땀을 흘리며 생활의 씬 하나하나
를 살았다

글쓰기를 뜸하게 두고서
굵은 땀방울로 힘껏 살아내었다고 말할 수 있다

    나의 영원은 너를 사랑하는 동안에 있다

체력을 소진하며 먼 거리를 지치는 줄도 모르고
열과 성을 다해 휘젓고 다녔다

하루를 온전히 열심히 살아내고 나면
지쳐 나가 떨어져서 깊은 잠에 빠지곤 했다
밤중에 한 번도 깨지 않는
잠을 푸지게 자는 것으로 여름을 보냈다

한껏 소진하고 다시 충전하는 일상이
복되고 건강하게 느껴졌다
생활에 성실하고 삶을 사랑한다는 증거였으므로

5.
고백하자면 추운 괴로움이 없어서 여름이 좋았다

나의 몸과 마음은 여름 볕에 따라가 붙었다
추위 입은 마음을 덥혀주기를 바랐다

낮에도 밤에도 살갗만큼은 춥지 않아서 여름이

좋았다

폭염에 가만히 나가 앉아 볕을 흡수하면
몸속 밑에서부터 에너지가 차올랐다
몇 년 치의 햇빛을 받아도 좋을 만큼 나는 인정
해야 했다

나는 추위에 취약하다는 것을
나는 금방이라도 깨지기 쉽다는 것을
그리고 누구라도 보내는 단편적인 다정함에 목
매달아
습관처럼 나를 내던져 왔음을 말이다

6.
아버지를 본 지 또 오랜 시간이 지났다

아무렇지 않다가도 아버지가 없다고 생각하면
불쑥 눈물이 핑 돈다

　　　　　나의 영원은 너를 사랑하는 동안에 있다

오랜만에 밥상에서 얼굴을 맞대도
짧은 외마디의 말밖에 오가지 않는 사이

사랑한다는 말을 아껴 보고 싶다는 말을 뱉는다

보고 싶다는 말을 하고 싶을 때
그 언젠가 아버지가 듣지 못할 때가 올까
그러할 것이다

7.

칠월에 나는 힘껏 사랑을 했고 힘껏 그리워했다
매해 더한 정점을 지나며 청춘의 획을 그어 왔다
쏟아진 물처럼 사랑은 저질러졌고
이별은 가까스로 수습되었다

여름이 폭력처럼 느껴질 때쯤
사랑의 태생, 그것의 윤곽이 어렴풋이 잡히기
시작했다

십 년의 여름을 그렇게 지나왔다

입추에 시작한 글을 백로가 지나서야 마친다

도저히 쓸 말이 잡히지 않던 글을 한 땀 한 땀
씩 따왔다

여전히 마음 만큼은 힘껏 사랑하고 힘껏 그리
워한다

나는 지금 너르다

 나의 영원은 너를 사랑하는 동안에 있다

나의 영원은 너를 사랑하는 동안에 있다

초판 1쇄 인쇄   2026년 2월 10일
초판 1쇄 발행   2026년 2월 27일

지은이   김지섭

펴낸이   이장우
책임편집   송세아
사진   김지섭
제작/관리   안소라 김소은 김한다 한주연

펴낸곳   도서출판 꿈공장플러스
출판등록   제 406-2017-000160호
주소   서울시 성북구 보국문로 16가길 43-20 꿈공장 1층
이메일   ceo@dreambooks.kr
홈페이지   www.dreambooks.kr
인스타그램   @dreambooks.ceo
전화번호   02-6012-2734
팩스   031-624-4527

일부 맞춤법 및 띄어쓰기의 변형은 저자 고유의 글맛을 살리기 위함입니다.

ISBN   979-11-24181-07-2
정가   16,800원